J. H Groag

Lord Byron als Dramatiker

J. H Groag

Lord Byron als Dramatiker

ISBN/EAN: 9783743359703

Hergestellt in Europa, USA, Kanada, Australien, Japan

Cover: Foto ©Raphael Reischuk / pixelio.de

Manufactured and distributed by brebook publishing software (www.brebook.com)

J. H Groag

Lord Byron als Dramatiker

Jahres-Bericht

der

kaiserl. königl.

Staats-Ober-Realschule

zu

LINZ

für das

sechsundzwanzigste Studienjahr

1876—1877.

Lord Byron als Dramatiker
J. H. Groag

Linz, 1877.
Verlag der k. k. Staats-Ober-Realschule.

Druck von J. Wimmer in Linz.

Lord Byron als Dramatiker.

Das Drama wird in unserer Zeit ziemlich allgemein als die Blüthe aller Dichtkunst angesehen, denn es verschmilzt in sich das Wesentliche der beiden andern Hauptdichtungsarten zu einer höhern, harmonischen Einheit, und besitzt ausserdem noch den besondern Vorteil, dass es durch seine Aufführbarkeit auf der Bühne gewissermassen zum lebendigen Gedanken wird und dadurch das vom Dichter geistig Erschaute mit unwiderstehlich packender Gewalt unserer Seele aufzudringen vermag. Wir sehen daher auch, dass die meisten modernen Dichter, die sich auf irgend einem Gebiete der Dichtkunst ihre Lorbeeren errungen, zuletzt auch ihre Kraft am Drama versucht haben, um so dem Ruhmestempel, den sie sich erbaut, gleichsam die Krone aufzusetzen. Allein nicht immer ist ihnen auch der kühne Wurf gelungen, mit wie viel Fleiss und Lust sie sich auch an die Arbeit gemacht hatten. Denn das Drama ist von solch eigenartiger, zusammengesetzter Natur, dass die Kraft selbst eines vorzüglichen Lyrikers oder Epikers nur selten zu seiner Schaffung ausreicht. Den besten Beweis hiefür liefert grade Lord Byron.

Byron hat acht Dramen geschrieben, die an Stoff, Tendenz und Form mitunter sehr weit von einander abweichen. Aber auch von keinem einzigen derselben lässt sich behaupten, dass es ganz den Anforderungen entspreche, die man an ein gutes Drama zu stellen berechtigt ist.

Byron's ganze Individualität war ganz und gar undramatisch. Auch scheint er ursprünglich sich dessen vollkommen bewusst gewesen zu sein; denn in einem seiner Tagebücher (datirt den 20. Februar 1814) schreibt er: „I wish that I had a talent for the drama; I would write a tragedy now." Sein ganzer poetischer Charakter ist eben eminent lyrischer Natur, lyrisch im weitern Sinne des Wortes genommen. Was seinen Werken ihren eigentümlichen, berückenden Zauber verleiht, was sie häufig so erschütternd, so unwiderstehlich macht, ist, dass er seine eigene Empfindungswelt mit der ganzen verzehrenden Glut seines äusserst leidenschaftlichen Herzens in eben so feurige Worte zu kleiden vermag. Aber es sind doch nur immer seine eigenen Gefühle, Empfindungen und Anschauungen, die er so meisterhaft darzustellen versteht. So vielfach auch die Personen sind, die er uns in seinen zahlreichen dichterischen Schöpfungen vorführt, sie sind nicht zugleich auch mannigfach. Wol wechseln sie ihre Namen, doch bleiben sie dem innern Wesen nach stets einander gleich. Sie reden alle eine und dieselbe Sprache, jene düstere, schwermütige Sprache, jene verzweiflungsvollen, angsterfüllten Laute, wie sie ein schuldbeladenes Gewissen, wie sie nur der Schmerz um der Menschheit allgemeines Leid und Weh aus dem Innern eines im Grunde edlen und weichfühlenden Herzens zu pressen vermag. Es herrscht in ihnen eine Einförmigkeit der Grundempfindung, die durch zu häufiges Wiederkehren ermüden, ja unerträglich würde, wenn Byron nicht jedem seiner Verse das unauslöschliche Gepräge seines hochragenden Genius aufgedrückt hätte; wenn er es nicht verstanden hätte, durch den Wechsel der Beleuchtung und durch verschiedenartige Mischung derselben Grundfarben diesen einen typischen Grundcharakter, nämlich sein eigenes Ich, in eben so viele und scheinbar selbstständige Einzelwesen zu zerspalten, als es Schattirungen in dieser Farbenmischung gibt.

Sobald jedoch Byron aus sich selbst herausgetreten und einen anderen Charakter als seinen eigenen zur Anschauung bringen will, — wie dies doch im Drama erforderlich ist — da erlahmen seine Schwingen, da versagt ihm die angeborene Kraft, und die Simson-gleiche Riesengestalt, ihres eigenartigen Lockenschmucks beraubt, schrumpft zu einem gewöhnlichen Menschenkinde zusammen.

Byron besitzt ein offenes Auge und ein weites, empfängliches Herz, um die Natur in ihrer ganzen erhabenen Grösse und majestätischen Schönheit zu erfassen und auf sich einwirken zu lassen. Besonders aber sind es jene Erscheinungen, wo sich die Natur am grossartigsten und majestätischsten in ihrer furchtbarunwiderstehlichen, wild zerstörenden Gewalt zeigt, welche seine Bewunderung herausfordern und den goldenen Saiten seiner Leier die wunderbarsten Töne entlocken. Er hat einen klaren Blick für die grossen, weltgeschichtlichen Ereignisse der Vergangenheit und findet weiche, schmelzende Laute, um den Untergang der Herrlichkeit des alten Griechenland und Rom aufs tiefste zu beklagen. Aber auch hier regen ihn eigentlich auch nur jene Momente an, die er mit seiner eigenartigen Natur versöhnen kann, die sich gewissermassen seiner Individualität anschmiegen und mit seinen Empfindungen verschmelzen. Alle anderen Erscheinungen in der Natur wie in der Geschichte lassen ihn beinahe kalt und gleichgiltig. Er macht ihnen wol im Vorbeigehen aus Convenienz-Rücksichten ein höfliches Compliment; aber man merkt es sofort bei ihm, dass es nicht ernst gemeint sei. Aber grade diese Gewohnheit, ich möchte beinahe sagen dieser Egoismus, alles nur auf sich selbst zu beziehen, alles nur von seinem eigenen unverrückbaren Standpuncte zu betrachten und zu beurteilen macht Byron zum Dramatiker ganz und gar untauglich. Er ist nicht im Stande von sich selbst zu abstrahiren, sich liebevoll in die Persönlichkeit eines Andern zu versenken, hinter dieselbe zurückzutreten, und die Personen ganz nach ihrem angenommenen Charakter reden und handeln zu lassen. Aus allen Fugen und Ritzen blickt uns vielmehr des Dichters blitzend Auge mit dämonischem Lächeln entgegen.

Daraus erklärt sich auch ein zweiter Hauptfehler in Byron's dramatischen Werken, der Mangel eines lebendigen, in einander greifenden Dialogs. Ueberall zeigt sich dort auf's deutlichste die Tendenz sich in Monologe aufzulösen, wie denn auch wirklich „Manfred" vom Anfang bis zum Ende nur als ein einziger Monolog mit nur wenigen Kunstpausen angesehen werden kann. Es ist dies leicht begreiflich. Zu einem guten Dialoge ist es eben unerlässlich, dass die einander gegenüberstehenden Personen aus dem innern Wesen ihres Charakters ihre Wechselreden spinnen; zu einem guten Monologe wird oft genug die lyrische Kraft ausreichen. Nun ist aber der Monolog an und für sich ganz und gar undramatisch und hat nur da seine Berechtigung, wo in Momenten der höchsten Erregung das zu leidenschaftlich bewegte Herz in einen lyrischen Erguss ausklingen muss. Byron's durchaus lyrischer Charakter hingegen verweilt mit besonderer Vorliebe bei dem rein lyrischen Monologe, wie in „Marino Faliero", [1]) wo der Senator Lioni, knapp vor dem Hereinbrechen der Katastrophe, in einem langen, farbenprächtigen, aber ganz und gar nicht zur Sache gehörigen Monologe, eine Ballnacht in einem venetianischen Palaste beschreibt. Ja selbst in dem monologischen „Manfred" [2]) wird die Einheit der Grundempfindung, die sich wie ein roter Faden durch das ganze Stück durchzieht, ganz ungerechtfertigt durch einen neuen fremdartigen Monolog unterbrochen, indem Manfred in seinem Alpenschlosse und im Angesicht des nahen, sichern Todes plötzlich, wie bei den Haaren herbeigezogen, eine Schilderung des Colosseum's in Rom bei Mondschein-Beleuchtung gibt. Byron scheint das Sonderbare dieses Einfalls selbst eingesehen zu haben; denn er schliesst diese Beschreibung mit den Worten:

„'Tis strange that I recall it at tis time;
But I have found our thoughts take wildest flight
Even at the moment when they should array
Themselves in pensive order." [3])

Es ist in der Tat sonderbar, dass ihm grade jetzt das Colosseum in den Sinn kommt, und die beigefügte Rechtfertigung enthält grade in ihrem offenen Selbstbekenntnis den Erklärungsgrund für Byron's Misserfolge als Dramatiker. Der wilde, ungezähmte Flug seiner Phantasie reisst ihn rastlos mit sich fort, verleitet ihn zu lyrischen Sprüngen und lässt ihn nicht bei seiner Sache ruhig verweilen und die verschiedenen Charaktere aus sich selbst herausarbeiten.

Ein dritter, jedoch mehr äusserlicher Grund für das Fehlschlagen einiger dramatischer Versuche Byron's dürfte in dem Umstande zu suchen sein, dass der Dichter in Bezug auf dramatische Composition die Dreieinheits-Teorie der Franzosen adoptirte, wie ich noch später eingehend zu zeigen Gelegenheit haben werde. Man kennt diese Teorie, die sich auf eine missverstandene Stelle in Aristoteles' Poetik stützt, und man kennt auch die treffliche Art, wie Lessing dieselbe in seiner Dramaturgie widerlegt hat. Es wäre daher eine sehr undankbare, weil ganz überflüssige Arbeit, hier das zu wiederholen, was der grosse Meister der dialektischen Kritik bereits so klar und überzeugend dargelegt hat. Aber nicht genug wundern kann man sich, wie ein Mann von dem Scharfblicke Byron's die Nichtigkeit dieser Regeln nicht durchschaut haben sollte. Unwillig, seinen Nacken unter ein noch so ehrwürdig Joch zu beugen, hatte er mit jugendlichem Ungestüm und mit der sichern, unfehlbaren Kraft des angeborenen göttlichen Genies alle Schranken kühn übersprungen, alle Hindernisse mit einem kräftigen Ruck beseitigt und, sich selbst einen eigenen Weg bahnend, ein ganzes Heer von bewundernden Nachbetern auf die neu entdeckte Strasse gelockt: wie konnte nun ein solch feuriger Dichter seinen Geist in die spanischen Stiefel einer lächerlichen Teorie einzwängen lassen? Allein man darf nicht vergessen, dass es selbst für den begabtesten Menschen sehr schwer ist, sich von gewissen Lieblingsideen seiner Jugend gänzlich loszumachen. Byron's

---
[1]) IV, 1, p. 73. Die Seitenzahl bezieht sich auf die Tauchnitz-Ausgabe.
[2]) M. III, 4, p. 214.
[3]) ib. p. 215.

Blüte fiel eben in eine Zeit, wo in der englischen Literatur in Bezug auf Geschmack sich eine durchgreifende Revolution vollzog. Er war aber noch in den Anschauungen des achtzehnten Jahrhunderts auferzogen worden und stellte deshalb die Dichter der französischen Schule mit Pope an deren Spitze hoch über die Reformdichter seiner eigenen Zeit. Wenn er nun auch, dem Geiste der Zeit huldigend, in der Praxis von seinen eigenen Lieblingsteorien abwich und der gesunde Menschenverstand bei ihm über seine Schrullen und Grillen den Sieg davontrug; so konnte es denn doch nicht fehlen, dass zu Zeiten seine Praxis dennoch von seiner Teorie beeinflusst wurde, und nirgends zeigen sich die Spuren hievon deutlicher und verderblicher als grade in seinen dramatischen Versuchen.

Es soll übrigens nicht geleugnet werden, dass der Zwang, den die Beobachtung der Dreieinheits- Regeln dem Dichter auflegt, Byron's geringer dramatischer Begabung besonders zu Gute kam. Denn durch das Zusammendrängen der ganzen Handlung in einen Raum und durch die Beschränkung ihrer Dauer auf einen einzigen Tag sind erstens grössere Verwicklungen ausgeschlossen und zweitens längere Tiraden und grössere Monologe beinahe unvermeidlich: zwei Umstände, die Byron's ausgesprochen lyrischem Talent nicht anders als zusagen konnten.

Wenn nun auch Byron's dramatische Compositionen als solche keinen Anspruch auf den Namen Kunstwerke erheben können, so hat er doch in einige derselben, so besonders in „Manfred", „Cain", „Heaven and Earth", solch reiche Schätze von wahrer und ächter Poesie, eine solche Masse tiefer Gedanken und grossartiger Anschauungen niedergelegt, dass sie allein ihrem Verfasser die Unsterblichkeit sichern würden. Leider lässt sich ein gleiches nicht auch von seinen sogenannten historischen Dramen behaupten. Diese müssen als mehr weniger verunglückte Versuche angesehen werden. Ich will daher zuerst diese etwas näher betrachten.

I. Marino Faliero.

Schon die Wahl dieses Stoffes war eine unglückliche. Die wahre Geschichte von dem tragischen Ende des Dogen Faliero klingt so romanhaft, dass man sie für die schlechte Erfindung eines mondsüchtigen Poeten halten müsste, wenn die Wahrheit derselben nicht als eine unleugbare geschichtliche Tatsache verbürgt wäre. Der Doge, ein Greis von mehr als achtzig Jahren, hat das Glück oder Unglück, ein junges, schönes Weib seine Gattin zu nennen. Ein junger, venetianischer Edelmann, ein Wüstling niedrigster Sorte, dem der Herzog wegen seiner Gemeinheit den Zutritt zu Hofe verboten hatte, sucht sich an seinem Souverän dadurch zu rächen, dass er die Tugend der jugendlichen Herzogin öffentlich verdächtigt. Er wird wegen dieser frechen Beleidigung vor dem hohen Rat der Zehn angeklagt und von diesem auch wirklich verurteilt. Allein die dem Wüstling zuerkannte Strafe scheint dem Dogen viel zu milde; er überträgt deshalb den Hass von diesem auf seine Richter und beschliesst, durch den Umsturz der Verfassung und durch Ermordung des ganzen Senates sich Genugtuung zu verschaffen. Die Verschwörung wird noch rechtzeitig entdeckt und der greise Herzog büsst seinen Hochverrat auf dem Schaffot.

Dass ein Fürst von seinen eigenen Untertanen zum Tode verurteilt wird und sein gekröntes Haupt auf den Block legen muss, ist allerdings ein äusserst merkwürdiges Ereignis. Es ist höchst tragisch und reizt zur dramatischen Bearbeitung. Allein die Gründe, welche den Dogen zu seinem eben so verbrecherischen als romantischen Unternehmen treiben, sind verhältnissmässig so unbedeutend, dass die Vermutung sehr nahe liegt, wir hätten es hier mit einem Manne zu tun, den die Last der Jahre wieder ins Kindesalter zurückgedrückt hat. Ein solches Wesen verdient gewiss unser vollstes Mitleid und wird sicherlich nicht verfehlen, in uns die peinlichsten Empfindungen über das traurige Schicksal der Menschen im allgemeinen zu erwecken, taugt aber zu nichts weniger als zum Helden einer Tragödie. Es scheint überhaupt, als ob Byron mit Absicht Faliero als „kindlichen" Greis habe darstellen wollen. Er lässt ihn nämlich trotz seiner achtzig Jahre nicht nur im Vollbesitz seiner Körper- und Geisteskräfte sich befinden, er stattet ihn auch mit dem ganzen Ungestüm und der ganzen Leidenschaftlichkeit der Jugend aus. Als man ihm die Nachricht von dem milden Urteil des Senates bringt, da reisst er sich die Herzogsmütze vom Kopfe und tritt sie mit Füssen, wird ungeberdig und schäumt und tobt, wie ein eigenwilliger Junge, dem man seine Spielsachen genommen hat, so dass sein Neffe, der noch kaum die Hälfte seiner Jahre zählt, alle Mühe hat ihn zu beruhigen. Nun dürfte ein solcher Graukopf, der so mit jugendlichem Feuer aufbraust, eine ganz prächtige Lustspielfigur abgeben; ich kann mir aber nicht recht vorstellen, wie die oben geschilderte Szene tragisch wirken soll.

Es ist wahr, auch Shakspeare zeigt uns in dem König Lear einen äusserst leicht erregbaren, höchst leidenschaftlichen alten Mann: allein Lear trägt schon vom Anbeginn die Keime des Wahnsinns in sich. Dass er freiwillig der Krone entsagt und alle seine Länder an seine Töchter nach Massgabe ihrer hohlen Liebesäusserungen verteilt, beweisst schon zur Genüge, dass wir es hier nicht mit einem normal organisirten Wesen zu tun haben. Aber als einen solchen Mann will uns Byron offenbar den Dogen nicht hinstellen. Im Gegenteil! in ihm sollen wir den weisen Staatsmann verehren, der sich im Dienste des Vaterlandes so mancher schwierigen Aufgabe mit eben so viel Glück als Geschick entledigt hat, in ihm den genialen Feldherrn bewundern, der bei Zara durch kluge Berechnung und umsichtige Leitung die starke Uebermacht der Türken niederschmetterte; und wir sehen ihn auch in der Tat, wie er die Vorbereitungen zu dem mörderischen Schlage, den er brütet, mit all der Ruhe und Kaltblütigkeit trifft, die auf den ersten Blick den im Krieg ergrauten Soldaten, den sieggewohnten Feldherrn verraten. Wie sollen wir es nun begreifen, dass ein so grosser Staatsmann und Feldherr, der seiner Geisteskräfte noch mächtig ist, sich blindlings für eine Chimäre in ein solch tolles Unternehmen stürzt?

Byron scheint auch das Unzulängliche dieser Motivirung gar wol gefühlt zu haben und sah sich auch wirklich nach triftigeren Beweggründen für eine solch schwere Tat um; er war aber darin nicht sonderlich glücklich. Seine ursprüngliche Absicht war sogar, die Eifersucht als Motiv für die Tat Faliero's hinzustellen. Glücklicherweise ging er jedoch davon wieder ab, indem seine Freunde ihm vorstellten, wie er in diesem Falle die gefährliche Rivalität Othello's zu fürchten hätte. Ich sage: glücklicherweise; denn ein achtzigjähriger Othello wäre unwiderruflich dem

Fluche der Lächerlichkeit verfallen. Aber wenn er auch diese Klippe glücklich umschifft hat, so war er nicht auch glücklich genug, das aufgegebene Motiv durch ein wirksameres zu ersetzen. Er möchte uns nämlich gerne glauben machen, dass der Doge sich nur darum an die Spitze der Verschwörung stelle, um das Volk von dem unerträglichen, tyrannischen Druck der Aristokratie zu befreien. Dies wäre in der Tat ein edles Motiv, nnd Faliero verdiente den Ruhm, der erste Fürst gewesen zu sein, der in reiner Selbstlosigkeit nicht nur seine persönlichen und Standes-Interessen sondern auch sein Leben dem Wohle und der Freiheit seines Volkes geopfert hat. Allein wenn der Doge wirklich von solch edler Gesinnung beseelt wäre, warum hat er dann achtzig lange Jahre gewartet, um sich als den Brutus seines Volkes zu zeigen? Dazu hätte er sich viel früher entschliessen müssen! Wie sollen wir es begreifen, dass ein Mann in einem Alter, wo selbst Leute, die in ihrer Jugend heisse Sprudelköpfe gewesen, sich nicht selten zu conservativen Grundsätzen bekehren, plötzlich über Nacht sich in einen Revolutionär umwandelt? So lange er selbst noch Senator war, ein hochgestelltes Mitglied jenes Adels, der alle Würden des Staates als ausschliessliches Recht für sich in Anspruch nahm, da hat er die venetianische Verfassung als ganz vortrefflich gefunden; auch nachdem er Herzog geworden, hat er durchaus keine freiheitlichen Regungen in sich verspürt: was für ein Geist ist also plötzlich in ihn gefahren, um eine solch radikale Umwälzung bei ihm hervorzubringen? Wir glauben ihm daher auch nicht ein einziges Wort von all den schönen Phrasen, die er im Munde führt. Er ist und bleibt ein Aristokrat vom Wirbel bis zur Zehe. Mit allen Fasern seines Herzens hängt er an seinen adeligen Brüdern, mit seinem ganzen Denken und Fühlen weilt er stets nur bei ihnen; ja nicht einmal in dem verhängnissvollen Augenblicke, wo er seinen Dolch gegen ihr Leben wetzt, kann er sich im Gedanken von ihnen losmachen, wie er es an vielen Stellen deutlich und offen genug ausspricht. Das Freiheitsmäntelchen, das er sich als Notbekleidung umhängt, ist so fadenscheinig, dass überall des Herzogs goldgesticktes Kleid durchschimmert. Es ist vollkommen unbegreiflich, wie er mit einer solch seichten und hohlen Deklamation, mit der er sich bei den Verschwornen einführt,[1]) diese so begeistern kann, dass sie ihn einstimmig zu ihrem Führer wählen. Die Worte, die er dort spricht, sind so kalt und gekünstelt, dass jeder marktschreierische Demagoge ihn in Bezug auf Redekunst einen Stümper nennen müsste. So würde ein wirklich für die Freiheit begeisterter Mann gewiss nicht sprechen. Der wahre Sachverhalt ist eben, dass der Herzog die ihm von einem Einzigen zugefügte Beleidigung in dem Blute des ganzen venetianischen Adels abwaschen will, sich dazu gern des niedern Volkes bedienen möchte und diesem, um es zu ködern, einen Freiheitsbrocken vorwirft. Freilich sucht er in einem grossen Monologe[2]) sich so lange in die Befreier-Rolle hineinzureden, bis er zuletzt sich wirklich als ein Werkzeug der Vorsehung zu betrachten scheint; allein dies sagt er doch wol nur, um sein allzulautes Gewissen ein wenig einzuschläfern: seine wahre Gesinnung hat er kurz zuvor in einer Unterredung mit seinem Neffen dargelegt, wo er sagt:

---

[1]) M. F. III, 2, p. 60.
[2]) ib. IV, 2, p. 87.

„But they (the Ten) were not aware that there are things
Which make revenge a virtue by reflection,
And not an impulse of mere anger; though
The laws sleep, justice wakes, and injured souls
Oft do a plublic right with private wrong,
And justify their deeds unto themselves". [1])

Es ist nicht Begeisterung für die Freiheit des Volkes, es ist der krankhaft übertriebene Begriff von Ehre, der ihn zu einem solch grausigen Racheakt treibt. Wenn nur Byron den glücklichen Einfall gehabt hätte, dem Dogen nm dreissig Jahre jünger zu machen! Er hätte damit freilich der Geschichte etwas unsanft ins Antlitz geschlagen; allein eine solche Freiheit wäre den Dichter nicht sonderlich schwer anzurechnen, und zwar um so weniger, als die Einzelheiten der Geschichte des Dogen Faliero nicht so allgemein bekannt sind, als dass eine kleine Abweichnug von der geschichtlichen Wahrheit bedeutenden Anstoss hätte erregen sollen. Bei einem jüngern Manne würde man es begreiflich finden, wie das vereinte Spiel der Leidenschaften: der Eifersucht, der Herrschsucht, der Rachbegierde, vielleicht noch verbunden mit innerem Freiheitsdrang, einen sonst edlen und ehrenhaften Mann zum Verbrecher machen könne. Doch Byron scheute es, von der geschichtlichen Wahrheit abzuweichen und hat dadurch den Charakter des Dogen ohne Halt und Festigkeit hingestellt. Er ist zugleich unbesonnen und vorsichtig, jugendlich aufbrausend und ruhig kalt berechnend, aristokratisch fühlend und freiheitlich redend, jetzt voll Zärtlichkeit und Edelsinn, eine Minute später mit barbarischer Grausamkeit Mordgedanken brütend, ohne dass für das eine oder für das andere ein genügender Beweggrund vorläge.

Ueber die andern Personen des Stückes ist nicht viel gutes oder schlimmes zu sagen. Sie erheben sich nicht über das Niveau der Mittelmässigkeit. Doch möge hier noch eine Bemerkung über den Charakter des Israel Bertuccio einen Platz finden. Bertuccio ist das Haupt jener Männer, die sich verschworen haben, die Adelsherrschaft zu brechen. Die Verschwörung ist bereits dem Ausbruche nahe. Alles ist schon längst vorbereitet und sie harren nur noch des günstigen Augenblicks, um den grossen Streich zu führen. Allein derselbe Bertuccio, der, von Freiheitsliebe glühend, durch seinen Geist die ganze Verschwörung beseelt und zusammenhält, der als bewährter tüchtiger Soldat von seinen Mitverschworenen einstimmig zu ihrem Führer erwählt worden ist, derselbe Bertuccio begeht die grenzenlose Torheit, durch einen unüberlegten Schritt nicht nur seinen eigenen Kopf, sondern auch das Gelingen des ganzen Unternehmens aufs Spiel zu setzen. Am Vorabende des verhängnisvollen Tages hat er nämlich nichts Wichtigeres zu tun, als zum Dogen zu gehen, ihm ohne weiters die Verschwörung zu verraten und ihn einzuladen, sich an die Spitze derselben zu stellen. Kommt es ihm denn gar nicht in den Sinn, dass der Herzog trotz der ihm zugefügten Beleidigung denn doch immer das Haupt jener Partei ist, deren Vernichtung die Verschworenen anstreben? Was soll ihm überhaupt der Herzog? Dass der Fürst, nm seine Rachepläne gegen

---

[1]) ib. p. 86.

den Senat auszuführen, sich bei den Plebejern um Hilfe umsieht, finden wir ganz begreiflich; wozu aber die Verschworenen des Dogen bedürfen, ist absolut unerklärlich. Und was noch schlimmer ist, Byron kann in diesem Punkte nicht einmal seine geschichtliche Treue als Entschuldigung anführen; die historische Wahrheit spricht grade gegen ihn. Denn Tatsache ist, — wie Byron selbst in dem Appendix, Note A erzählt — dass zur Zeit, wo der Doge sich durch das Urteil der Zehn beleidigt fühlte, gar keine Verschwörung in der Volkspartei existirte, dass vielmehr Faliero selbst diese erst aus Rache und Herrschsucht anzettelte und sich dabei auf die unzufriedenen Elemente in den untern Volksschichten stützte. Man mag daher mit Recht darüber verwundert sein, was denn Byron veranlasst habe, grade in diesem Falle von der geschichtlichen Wahrheit abzuweichen? Da scheint es fast, dass hier dem Dichter seine Lieblingstheorie der drei Einheiten im Drama einen gar bösen Streich gespielt habe. Wenn er den Dogen selbst als Anstifter der Verschwörung hingestellt hätte, so wäre es wol nicht recht angegangen, die ganze Handlung des Stückes in den Zeitraum von vierundzwanzig Stunden zusammenzupressen. Er zog es daher vor, die historische Wahrheit der Einheit der Zeit zum Opfer zu bringen — zum grossen Schaden des Ganzen; denn, ausserdem, was ich bereits früher bemerkte, wird dadurch dem Helden des Stückes eine mehr passive Rolle zugeteilt und ein gut Teil des Interesses auf den kühn entschlossenen Plebejer Bertuccio abgelenkt.

Auch die Sprache in dieser Tragödie ist bei weitem nicht so markig und kräftig, wie man sie in seinen lyrischen Erzeugnissen in der Regel antrifft. Wir finden hier nur selten die Sprache der wirklichen Leidenschaft; alles ist zumeist nur reine Deklamation. Der Dialog entbehrt der Lebendigkeit und Knappheit, die beim Drama nötig sind. Er ergiesst sich häufig in epische Breite und droht immer in einen Monolog umzuschlagen, wie dies in der langen Szene des zweiten Aktes, wo der Doge mit seiner Gattin spricht, besonders deutlich zu Tage tritt. Nur an einer Stelle schwingt sich Byron zu seiner gewohnten Höhe auf. In der vorletzten Szene des fünften Aktes, wo der Doge, bereits auf dem Schaffot stehend, den Fluch über Venedig ausspricht; wo er, an der Grenze von Zeit und Ewigkeit plötzlich mit Prophetenblick begabt, in die Zukunft schaut und das Bild der Meereskönigin in ihrem künftigen Verfall, in ihrer Schmach und Sklaverei heraufbeschwört; da wird er grossartig, hinreissend, seiner würdig. Es ist nur zu bedauern, dass nicht das ganze Stück in demselben Geiste abgefasst ist.

II. The Two Foscari.

In „die beiden Foscari" sehen wir ein der Form nach vollkommen „klassisches" Drama, klassisch nach alt-französischem Muster. Es ist darin die Einheit des Ortes und der Zeit ziemlich strenge beobachtet, leider aber nicht auch die Einheit der Handlung, und zwar schon aus dem einfachen Grunde, weil das Stück beinahe gar keine Handlung besitzt und das wenige, was es davon besitzt, sich teils schon abgespielt hat, bevor noch das Stück beginnt, teils hinter der Szene und in den Zwischenakten vor sich geht. Wir sehen daher fünf lange Akte hindurch nichts als ganze Ströme von Gefühlen und Empfindungen sich ergiessen. Diese Gefühle sind jedoch so sonderbarer und seltsamer Natur, dass wir sie kaum begreifen, noch weniger aber uns für dieselben intressiren und erwärmen können. Der venetianische Patrizier Loredano hat den Dogen Foscari in Verdacht, seinen Vater und seinen Oheim durch Gift aus dem Wege geräumt zu haben, und schwört deshalb dem Dogen und dessen ganzem Hause ewige Rache. Nur zu treu hält er seinen Schwur. Drei von des Herzogs Söhnen sind nicht mehr, und er hat es durch seine Ränke dahin gebracht, dass auch des Dogen letzter und Lieblingssohn Jacopo nach den Cycladen verbannt wurde. Dieser aber hält es in der Verbannung nicht aus; er muss durchaus venetianische Luft atmen. Da es ihm aber auf natürlichem Wege nicht gelingen will, sein Verbannungs-Dekret widerrufen zu machen, so verfällt er auf das wahnsinnigste Auskunftsmittel in der Welt, um sich die Rückkehr zu erzwingen. Er schreibt nämlich an den Herzog von Mailand einen hochverräterischen Brief, in der sichern Ueberzeugung, dass dieser den venetianischen Behörden in die Hände fallen müsse. Dies geschieht auch wirklich. Er wird nach Venedig zurückgebracht, aber in ein finsteres Gefängnis geworfen und zu wiederholten Malen auf die Folter gespannt, um ihm das Geständnis seines Hochverrats zu erpressen. Er erträgt dies alles mit Geduld, ja beinahe mit Freude, da es doch Venedigs Gefängnis und Folter sind, die ihn quälen. Als er aber endlich wieder verurteilt wird, wieder in sein altes Exil zurückzukehren, da bricht er voll Verzweiflung zusammen und stirbt. Damit ist Loredano noch immer nicht zufrieden. Er weiss es beim Senate durchzusetzen, dass der alte Doge seines Amtes enthoben werde, und dieser stirbt an gebrochenem Herzen in dem Augenblicke, wo die St. Marcus-Glocken die Wahl seines Nachfolgers verkünden.

Man muss gestehen, dass in dem Gesagten wenig Handlung ist; und doch habe ich noch weit mehr gesagt, als in dem Stücke eigentlich gehandelt wird. Denn man würde sehr enttäuscht werden, glaubte man, dass wir in dieser Tragödie den erbitterten Kampf, den unversöhnlichen Vernichtungskrieg der beiden feindlichen Häuser Loredano und Foscari zu sehen bekommen. Auch nicht Jacopo's Leiden und Qualen in der Verbannung haben wir Gelegenheit zu beklagen. Denn beim Beginne des Stückes hat dieser bereits einige Male die himmlischen Freuden einer venetianischen Folter durchgekostet und benützt eben eine kleine Zwischenpause, um uns in aller Geschwindigkeit eine recht tüchtige Portion seiner sentimentalen Liebe zur venetianischen Luft aufzutischen:

"My beautiful, my own,
My only Venice — this is breath! Thy breeze,
Thine Adrian sea-breeze, how it fans my face!
Thy very winds feel native to my veins,
And cool them into calmness! How unlike
The hot gales of the horrid Cyclades,
Which howl'd about my Candiote dungeon, and
Made my heart sick". [1]

Die ganze Tragödie dreht sich um diesen eigentümlichen Liebesgram des jungen Foscari; denn das, was er empfindet, kann wol nicht Patriotismus genannt

---

[1] T. T. F. I p. 139.

werden, so viel auch von Vaterlandsliebe in dem Stücke gesprochen wird. Der Patriotismus pflegt sich sonst ganz anders durch Taten zu äussern, und ich glaube, dass man ein ganz ausgezeichneter Patriot sein und seine Liebe zum Vaterlande auch betätigen kann, selbst wenn man Jahre lang fern von demselben gelebt hat. Was tut aber Foscari, um uns an seinen Patriotismus glauben zu machen? Nichts, gar nichts, als höchstens die wahnsinnige Tat eines verrückten Liebhabers, der seiner launischen Geliebten zu gefallen sich selbst die Nase abschneidet. Es ist also nicht Patriotismus, was ihn beseelt; Byron hat vielmehr in „die beiden Foscari" eine Tragödie des Heimwehs geschrieben. Das verzogene Muttersöhnchen hält es eben in der Fremde nicht aus, weil es dort die gewohnten Leckereien vermisst. Ohne nun die Frage hier erörtern zu wollen, ob denn auch das Heimweh ein genug würdiges Motiv für eine Tragödie sei, — was ich jedoch entschieden verneine — so ist doch zum mindesten so viel gewiss, dass der Dichter jene Leidenschaft, oder jenes Gefühl, das er zur Haupt-Triebfeder der Handlung macht, uns doch wenigstens auch zeigen muss. Wenn uns nun Byron seinen Helden, oder besser, seinen Märtyrer des Heimwehs in der Verbannung gezeigt hätte, wie der Gram an seinem Herzen nagt, wie der Schmerz über seine Entfernung von der Heimat seinen Geist niederdrückt und die Kräfte seines Körpers aufreibt: so hätten wir vielleicht seinen Charakter unmännlich gefunden, hätten über sein tolles Auskunftsmittel, sich von der Verbannung zu befreien, mitleidig die Achseln gezuckt; aber wir hätten doch zum mindesten erfahren, wodurch nicht alles schwache Charaktere zur Tollheit getrieben werden können. Wenn wir aber von Heimweh nur sprechen hören und dafür Unsägliches erdulden sehen, mus uns ein solcher Märtyrer nur als Schwachkopf erscheinen.

Allein wenn uns Byron den jungen Foscari im Exil gezeigt hätte, so wäre dadurch die Einheit des Ortes gestört worden; das heilige Gesetz der drei Einheiten jedoch muss selbst auf Kosten des gesunden Menschenverstandes aufrecht erhalten werden!

Und so sehen wir in der ganzen Tragödie nur Zerrbilder statt lebenswahrer Gestalten. Der jüngere Foscari, nachdem er sich zuerst schwach wie ein Weib gezeigt, erträgt doch mit dem Heroismus eines Märtyrers die grausamsten Folterqualen, man weiss nicht warum, noch wozu? Der Doge lässt mit der stoischen Ruhe eines Corneille'schen Römers seinen Lieblingssohn auf die Folter spannen und Höllenqualen erdulden, ohne auch nur mit der Wimper zu zucken, oder den Finger zu rühren, um dessen trauriges Schicksal zu mildern; und das nennt er Tugend und Patriotismus! Mit Recht wirft ihm daher seine Schwiegertochter vor:

„Thou pity! — 'tis a word
Strange to thy heart . . . . . .
'Tis not upon thy brow,
Nor in thine eyes, nor in thine acts, — where then
Should I behold this sympathy?"[1])

Loredano verfolgt den Dogen und sein Haus mit wütendem Hasse; warum? weil sein Vater und sein Oheim, die mit dem Dogen in Feindschaft lebten, eines

---

¹) ib. II p. 153.

plötzlichen Todes gestorben sind; folglich — muss der Doge sie haben vergiften lassen. Ist er dessen gewiss? nein! Hat er irgend welche Beweise für seine Behauptung? nein! Der Doge beteuert ihm vielmehr auf's feierlichste und sucht es ihm schlagend zu beweisen, dass er im Irrtum sei:

> „'Tis true
> Your fathers were mine enemies, as bitter
> As their son e'er can be, and I no less.
> Was theirs; but I was openly their foe:
> I never work' d by plot in council, nor
> Cabal in commonwealth, nor secret means
> Of practice against life by steel or drug.
> Te proof is, your existence". [1]

tut alles nichts, der Doge war doch ihr Mörder! Marina, des jungen Foscari Gattin, ist die einzige Gestalt, die wirklich einem Weibe ähnlich sieht. Sie hat Herz, Verstand, ein leidenschaftliches Temperament und versteht es, ihre Zunge mit bitterem Spott und beissenden Sarkasmen gar meisterlich zu gebrauchen. Leider aber spielt sie nur ungefähr die Rolle des Chors in der griechischen Tragödie. Sie hat auf den Gang der „Handlung" ganz und gar keinen Einfluss und hätte eben so gut gänzlich wegbleiben können. Sie überhäuft den Dogen mit den bittersten Vorwürfen, verschwendet ihre zärtlichsten Worte und Liebkosungen an den Gatten, schleudert Loredano die gröbsten Schmähungen in's Antlitz, beleidigt und verwünscht Senat und Senatoren: aber niemand kümmert sich um sie und ihre Reden. Jeder lässt sie austoben, hört ihr mitunter aus Höflichkeit ein Paar Minuten geduldig zu und tut am Ende doch nur, was er selbst will.

Ein Bedenken wäre auch noch gegen den Titel und damit gegen den Gang der ganzen Tragödie zu erheben. Die beiden Foscari! damit ist schon von vorne herein gesagt, dass wir unser Intresse auf zwei Hauptpersonen werden zu verteilen haben, die dasselbe auf gleiche Weise für sich in Anspruch nehmen dürfen. Und selbst diese beiden Personen sind ihrem Grundcharakter nach eigentlich nur eine, denn Vater und Sohn stehen nicht etwa in scheidendem Contrast einander gegenüber; beide zeigen vielmehr die grösste Familienähnlichkeit. Es besteht zwischen ihnen nur der Unterschied der Jahre. Was bei dem einen in Folge seiner Jugend sich noch in Fluss und Bewegung befindet, ist bei dem andern durch die Fülle der Jahre bereits erstarrt und fast in Apatie übergegangen. Beide besitzen dieselbe unnatürliche Tugend und denselben falschen Patriotismus, und beim Lesen des Stückes bekommt man die Ueberzeugung, dass beide ihre Rollen leicht vertauschen würden, wenn sie auch einen gleichen Wechsel mit ihren Jahren vornehmen könnten. Der Hauptheld dieser Tragödie soll aber nach dem bereits früher gesagten doch nur der junge Foscari sein. Nun stirbt dieser schon im vierten Akte, und damit hätte auch die ganze Tragödie ihr Ende haben sollen. Was im fünften Akte noch geschieht, steht mit dem eigentlichen Wesen des Vorangegangenen in gar keinem innern Zusammenhang und wird demselben nur durch Loredano's rachsüchtigen Eigensinn lose angefügt, so dass zuletzt gar dieser als leitendes Motiv der Tragödie

---

[1] ib. II p. 157.

in den Vordergrund zu treten scheint. Dadurch ist aber die wirkliche Einheit der Handlung arg gestört. Es ist wahr, auch Shakspeare lässt seinen Julius Caesar schon im dritten Akte sterben und teilt ihm überhaupt eine verhältnismässig unbedeutende Rolle zu. Allein in Shakpeare's Tragödie ist es nicht so sehr die Person als vielmehr der Geist Caesar's, der in seiner ganzen Grösse gezeigt werden soll, jener Geist, der nicht nur seiner eigenen Generation, sondern auch den folgenden Jahrhunderten seinen unauslöschlichen Stempel aufgedrückt hat: und wir sehen auch wirklich am Schlusse des fünften Aktes, wie aus den Trümmern der zu Tode gehetzten römischen Republik sich die neue absolute Monarchie erhebt. Ein gleiches lässt sich jedoch von „die beiden Foscari" nicht behaupten, weil in demselben eigentlich gar keine bestimmte leitende Idee zu Tage tritt, es müsste denn sein, dass wir die Idee, dass das Heimweh auch zum Wahnsinn treiben könne, als solche ansehen wollten. Was den Dialog anbelangt, so krankt er an demselben Uebel wie bei „Marino Faliero". Er ist bald zu träge hinschleichend, bald zu lyrisch, wie sich dies aus dem Mangel an Handlung und aus der Natur oder besser Unnatur der dargestellten Leidenschaften und Empfindungen eigentlich von selbst versteht. Er wird nur lebendig, wo Marina das Wort führt. Da blitzt und glitzert es wie blanker Stahl im Sonnenschein. Allein, wie ich schon früher bemerkte, ist sie eine Figur, die in das dargestellte Bild gar nicht hineingehört. Und so muss diese Tragödie, im ganzen genommen, als eines der schwächsten Erzeugnisse der Byron'schen Muse angesehen werden.

III. Sardanapalus.

Wenn auch „Sardanapalus" keine mustergiltige Tragödie ist und sich gegen Charakteristik, Tendenz und Führung der Handlung manche Bedenken erheben, so unterscheidet sie sich doch so vortheilhaft von ihren unglücklichen Vorgängerinnen, weht in derselben ein solch neuer, erfrischender, lebendiger Geist, dass wir es sofort herausfühlen, der Dichter müsse hier ein Stück seines eigenen Selbst mit hineingetragen haben. So ist es auch in der Tat. Denn in Sardanapalus und in seiner ihm ganz ergebenen jonischen Sklavin Myrrha ist es nicht schwer die Züge Byron's und jene der Dame seines Herzens, der Gräfin Guiccioli, zu erkennen.

Wenn wir den Namen Sardanapalus nennen hören, pflegen wir wol gewöhnlich sogleich an einen Harem-Prinzen zu denken, aus dessen Herzen durch eine verkehrte Erziehung, oder vielmehr durch Nichterziehung, schon frühzeitig alle Keime von Mannesmut und Mannestugend mit der Wurzel ausgerottet worden sind. Doch tun wir Unrecht daran. Denn der Umstand, dass der historische Sardanapalus den Fall seines Hauses nicht überleben wollte und einen selbstgewählten und selbstbereiteten Flammentod der Schmach der Gefangenschaft vorzog, scheint anzudeuten, dass alle besseren und edleren Gefühle bei ihm wol unterdrückt, aber nicht gänzlich erstickt waren. Von dieser Seite hat Byron den Charakter Sardanápal's gefasst und dadurch sein Schicksal desto tragischer gemacht.

Sardanapalus ist sehr verweichlicht und sinnlichen Genüssen ungemein ergeben; aber er ist Epikuräer aus Prinzip. Er hasst jede Mühe und Anstrengung, nicht weil er unfähig ist, dieselbe zu ertragen, sondern weil damit doch immerhin etwas Schmerz verbunden ist und er diesen grundsätzlich so viel als möglich vermeiden will. Und nicht nur für sich allein nimmt er diesen Zustand der Ruhe und des schmerzlosen Genusses in Anspruch, er gönnt ihn auch seinen Untertanen und sucht ihn auf seine Weise indirekt zu fördern:

> „..... enough
> For me, if I can make my subjects feel
> The weight of human misery less, and glide
> Ungroaning to the tomb: I take no license
> Which I deny to them."[1]

Er führt keine blutigen Kriege, weil er die Anstrengung und die Aufregung derselben scheut, aber auch weil er das Leben seiner Untertanen schonen will. Er drückt sie weder mit harten Steuern noch durch grausame und willkührliche Handhabung der Gesetze, weil ihm der Anblick des Elends im Genusse seiner Freuden stören könnte, aber auch weil es ihm der natürliche Drang eines im Grunde edlen Herzens verbietet:

> „.... they (his subjects) murmur
> Because I have not shed their blood, nor led them
> To dry into the desert's dust by myriads,
> Or whiten with their bones the banks of Ganges;
> Nor decimated them with savage laws,
> Nor sweated them to build up pyramids,
> Or Babylonian walls."[2]

Kurz, er ist ein ganz liebenswürdiger und edler Fürst und würde durch seine negativen Tugenden vielleicht der Abgott seines Volkes geworden sein, wenn er nicht das Unglück gehabt hätte, Fürst von Assyrien geboren zu werden. Denn in einem despotisch regierten Staate ist nach Montesquieu's geistvoller Untersuchung Furcht das erhaltende Prinzip, und da er diese nicht einflössen kann oder mag, so ist sein Schicksal so gut wie besiegelt. Schon schleicht sich der Verrat verderbendrohend heran und wagt sich sogar bis in das Innere des königlichen Palastes. Vergebens bemüht sich sein treuer Schwager, der ernste und strenge Salemenes, durch Gefangennahme der beiden Häupter der Verschwörung, Arbaces und Beleses, die drohende Gefahr noch abzuwenden. Sein Versuch scheitert an dem arglosen, edlen Gemüte des Königs, der mit unzeitgemässer Milde die beiden Verräter begnadigt. Und so nimmt denn das Schicksal ungehemmt seinen Lauf. Wol erwacht in der Stunde der Gefahr der angeborene Heldenmut des Königs, und Sardanapalus entpuppt sich als ein eben so tapferer und todesmutiger Soldat, wie er es früher im Zechgelage allen anderen zuvorgetan hatte; allein es ist zu spät. Der Heroismus einer Stunde kann die Untätigkeit eines ganzen Lebens nicht so leicht wett machen. Aber wenn auch der König durch seinen plötzlich erwachten Löwenmut seinen wankenden Tron nicht zu stützen vermag, so will er doch wenigstens wie ein Heldenkönig sterben. Nicht sollen fremde Räuber in dem Palaste hausen, den seine Ahnfrau, die grosse Semiramis, hatte erbauen lassen. Und so besteigt er

---
[1] S. I. p. 222.
[2] ib. I. p. 220.

heitern Mutes den Scheiterhaufen, den er in seinem eigenen Palaste errichtet, gefolgt von seiner jonischen Sklavin Myrrha, die auch im Tode ihr Schicksal von dem des Mannes ihres Herzens nicht trennen will.

Wie schon bereits früher einmal bemerkt wurde, ist scharfe Charakterzeichnung grade Byron's starke Seite nicht, und seine beiden früheren dramatischen Versuche sind nicht zum geringen Teile an diesem Mangel gescheitert. Bei Sardanapalus war er auch in dieser Hinsicht glücklicher. Denn da die Geschichte dieses unglücklichen Fürsten in noch nicht ganz aufgeklärtes Dunkel gehüllt ist, so konnte der Dichter hier seiner Phantasie ganz freien Spielraum lassen und sich die Charaktere nach seiner Weise zurecht legen. Und so hat er denn in Sardanapalus und seiner geliebten Myrrha zwei ganz reizende Bilder geschaffen, die an Lieblichkeit und Farbenfrische mit einander wetteifern.

Damit soll jedoch keineswegs gesagt werden, dass die Charakterisirung Sardanapal's tadellos sei; im Gegenteil muss man es als eine nicht geringe Schwäche des Stückes ansehen, dass ein hervorstehender Charakterzug Sardanapal's darin besteht, eigentlich gar keinen bestimmten Charakter zu haben. Man möchte sagen, dass er, wie Byron selbst, nur aus Widersprüchen zusammengesetzt ist. Nichts geschieht bei ihm aus Consequenz, als Ausfluss eines seiner Ziele sich voll bewussten Willens. Er ist der Mann der plötzlichen Impulse:

„I am the very slave of circumstance
And impulse — borne away with every breath".[1]

Seine Handlungen tragen alle das Gepräge der augenblicklichen Eingebung an sich und man ist deshalb niemals sicher, ob er nicht schon im nächsten Augenblick in's grade Gegenteil umschlagen werde. In einer Anwandlung königlicher Grossmut begnadigt er die zwei von Salemenes des Verrats angeklagten Arbaces und Beleses, ohne auch nur die Gründe anhören zu wollen, welche Salemenes für seinen Verdacht und sein energisches Verfahren vorbringen könnte; ein Paar Minuten später hat ihn doch derselbe Salemenes schon wieder so weit umgestimmt, dass er die sofortige Verbannung der beiden Angeklagten befiehlt. Er sitzt grade bei einem seiner häufigen Zechgelage, von Wein und Liebe ganz berauscht, als ihm die Schreckensbotschaft von dem Ausbruche der Rebellion gebracht wird; und siehe da! der verweichlichte König, dessen zarte Hand noch nie einen Bogen gespannt, oder ein Schwert geschwungen, verwandelt sich plötzlich in einen Kriegshelden, der vor Kampfbegierde brennt und den Seinen als glänzendes Beispiel von kühnem Mut und rascher Entschlossenheit voranleuchtet. Er ruft nach Schild und Speer. Doch als er schon ganz gerüstet dasteht und voll jugendlichen Ungestüms sich schon gern in das dichteste Kampfgewühl stürzen möchte, da zuckt es plötzlich durch sein Inneres und — er verlangt nach einem Spiegel, um sich zu überzeugen, ob denn auch die Rüstung seiner natürlichen Schönheit nicht allzugrossen Eintrag tue. Seine tugendhafte Gattin, die er vernachlässigt und verlassen hat, um verbotenen Lüsten nachzugehen, kommt, um ihm das letzte Lebewol zu sagen. Sardanapalus ist bei ihrem Anblick von tiefster Wehmut ganz erfüllt. Er empfindet die aufrichtigste Reue, dass er den Wert dieser kostbaren Perle so arg verkannt habe,

[1] ib. IV p. 284.

da er, von der sanften Hand seiner Zarina geleitet, gewiss nicht in seine gegenwärtige Lage geraten wäre. Doch die Schritte seiner Gattin sind noch nicht ganz verhallt, und schon beginnt er mit seiner Lieblingssklavin wieder sein gewohntes Schäckerspiel. Und doch verfehlt Sardanapalus nicht, trotz der Schwäche seines Charakters, oder vielleicht grade wegen derselben, einen angenehmen Eindruck auf uns zu machen. Denn wir werden gewiss unsere Sympatien einem liebenswürdigen Wesen zuwenden, das menschlich fühlt und fehlt und dessen Leidenschaften und Schwächen in dem mildern Teile der menschlichen Natur ihren Ursprung haben; während die sein sollenden Römer in den „Foscari" mit ihrem gespreizten Wesen und ihren unnatürlichen Tugenden uns ganz kalt lassen.

Aber noch viel prächtiger hat der Dichter das Bild Myrrha's gezeichnet, jenes äterischen Wesens vom jonischen Gestade, in dem sich Geist und Anmut harmonisch paart. Sie ist ein vollendetes Weib nach Byron'schem Muster, ein Weib voll Liebe, Zärtlichkeit und der treuesten Hingebung, aber noch immer ein griechisches Weib. Trotz ihrer langen Gefangenschaft ist das heilige Feuer, das auf den Freiheitsaltären Griechenlands lodert, in ihrem Herzen noch nicht erloschen. Sie ist zwar keine Iphigenie, die durch ihre reine Hoheit die wilden Begierden eines Toas in Schranken zu halten weiss; aber sie versteht es dennoch, dem König zu imponiren und zeigt sich nie sklavisch, wenn sie auch nicht stark genug ist, den verführerischen Lockungen der Liebe zu widerstehen. Sie ist sanft wie eine Taube, süss wie eine Nachtigall; aber sie ist auch starker und wilder Leidenschaften fähig. Die sanfte Taube kann sich im gegebenen Momente auch in eine Hyäne umwandeln. Als die Kriegsfurie, einmal entfesselt, selbst bis in das Innere des Palastes dringt, das Geklirr der Waffen, das Geächz der Sterbenden sogar in den Sälen und Höfen des Schlosses wiederhallt, da stürzt sie wie die vom Himmel herabgestiegene Göttin des Krieges mitten unter die Kämpfenden und feuert die ihrigen mit Blick und Geberde zu immer erneuerter Anstrengung, zu schonungslosen Morden an. Und als endlich der entscheidende Schlag geschehen und alles verloren ist; als Sardanapalus, von allen verlassen, entschlossenen Mutes den Tod in den Flammen seines eigenen Palastes wählt: da ist es wiederum nur Myrrha, die ihm wie so oft im Leben nun auch in dieser letzten schweren Stunde als Trösterin zur Seite steht, ihm mit der Fackel des Todes in's Jenseits hinüberleuchtet und ihre Asche durch die gleiche Flamme mit der seinen mischt. Können wir einem solchen Wesen unsere Bewunderung versagen? Können wir darüber erstaunt sein, dass sie die Seele des Königs so ganz in ihrem Zauberbann gefangen hält?

Sardanapalus und Myrrha sind aber auch die einzigen Personen des Stückes, bei denen von einer eigentümlichen Charakterisirung die Rede sein kann. Alle anderen Personen sind die bekannten typischen Charakterköpfe, wie man sie aller Orten findet: Salemenes, der rauhe Soldat mit dem felsentreuen Herzen, der es mit seinem Fürsten gut und ehrlich meint, wiewol er ihm oft die bittersten Wahrheiten offen in's Antlitz sagt. Arbaces, ein ganz gewöhnlicher Empörer, der sich leicht überreden lässt, die frevlerische Hand nach seines Gebieters Krone auszustrecken, wenn sich nur ein schlauer, heimtückischer Priester Beleses findet, der ihm zur grösseren Ehre Gottes das Gewissen einschläfert.

Bei der Schilderung der Zarina und ihres Verhältnisses zu Sardanapalus scheint Byron an seine eigene Frau gedacht zu haben. Doch glaube ich, dass er besser daran getan hätte, die Zarina ganz aus dem Spiele zu lassen. Die Szene ihres Auftretens ist eben so überflüssig als peinlich; sie fördert nicht den Gang der Handlung und ist noch weniger geeignet, den König oder die Königin in einem besonders günstigen Lichte erscheinen zu lassen. Denn einerseits müssen wir dem Sardanapalus grollen, dass er die Tugend und die Schönheit seiner rechtmässigen Gattin nicht besser zu schätzen gewusst habe; andererseits aber erscheint diese als Weib in ihrer Schwäche gegenüber der geistesstarken Favoritin Myrrha so klein und kleinlich, dass wir die Wahl Sardanapal's nicht nur entschuldigen, sondern beinahe billigen, was gewiss nicht sonderlich viel zur Förderung der Moral beiträgt.

Und hier möge es mir auch gestattet werden, eine Bemerkung über die ganze Tendenz des Stückes zu machen. Diese scheint mir machiavellistisch zu sein. Denn unwillkürlich müssen wir fragen, wodurch denn nach der Darstellung Byron's Sardanapalus eigentlich sein trauriges Schicksal verdient habe? Es kann nicht sein Verhältnis zu Myrrha sein. Denn diese erweist sich grade durchwegs als sein guter Genius. Und was Salemenes ihm vorwirft:

„Think'st thou there is no tyranny but that
Of blood and chains? The despotism of vice —
The weakness and the wickedness of luxury —
The negligence — the apathy — the evils
Of sensual sloth — produce ten thousand tyrants,
Whose delegated cruelty surpasses
The worst acts of one energetic master
However harsh and hard in his own bearing" [1]

ist wol kaum etwas mehr als die spitzfindigen Argumente eines alten, griesgrämigen Sittenpredigers. Die wahre Ursache seines Sturzes bleibt doch, dass er zu edel ist und nicht genug tyrannisch regiert hat. Wenn auch nicht mit dürren Worten ausgesprochen, so lässt sich doch ohne Mühe die Tendenz herauslesen: Sei grausam, blutdürstig, habsüchtig, wollüstig, was du willst; mache dich nur auch gefürchtet, und du brauchst für Tron und Leben nicht zu zittern. Kannst du das nicht, so ist es um dich geschehen, welch schätzenswerte Eigenschaften du auch sonst besitzen magst. Solche Ansichten mögen einem Machiavelli sehr gut anstehen, scheinen aber für einen Dramatiker des neunzehnten Jahrhunderts wenig geeignet.

In Bezug auf die äussere Form hat Byron bei diesem Drama die drei Einheiten noch strenger als bei den beiden früher genannten beobachtet. Wenn auch das Widersinnige dieser Beschränkung hier nicht so grell zu Tage tritt, so ist doch ihr schädlicher Einfluss nicht ganz ohne Wirkung geblieben. So werden wir im Beginne des zweiten Aktes in die Verschwörung der Satrapen eingeweiht; allein die Hauptverschworenen halten ihre geheimen Besprechungen — im grossen Saale des königlichen Palastes. Salemenes ist den Hochverrätern auf der Spur; er will sie gefangen nehmen. Ihr Leben hängt an einem Haar, und sie haben es nur der glücklichen Dazwischenkunft des Königs und seinem Edelmute zu danken, wenn sie

---

[1] ib. I p. 215.

für den Augenblick sicher sind. Doch kaum hat der König mit seinem Gefolge sich entfernt, setzen sie an derselben Stelle, als ob gar nichts vorgefallen wäre, in aller Gemütsruhe ihre hochverräterische Conversation weiter fort. Man hätte doch wahrlich dem schlauen Priester schon so viel Verstand zutrauen dürfen, sich für seine Verführungskünste einen geeigneteren Platz auszusuchen. Wir würden daher Byron recht gern ein kleines Vergehen gegen die Einheit des Ortes nachgesehen haben, wenn er sich dafür etwas mehr gegen den Anachronismus der Empfindungen in Acht genommen hätte. Denn wir bekommen hier mitunter Dinge zu hören, die gar nicht alt-assyrisch klingen, vielmehr ganz deutlich an gewisse moderne Lieblings-Ideen und Anschauungen in Bezug auf Religion und Philosophie erinnern:

„. . . . but whether they (the stars) may be
Gods, as some say, or the abodes of gods,
As others hold, or simply lamps of light,
Worlds, or the lights of worlds, I know nor care not.
There is something sweet in my uncertainty
I would not change for your Chaldean lore;
Besides, I know of these all clay can know
Of aught above it, or below it — nothing.
I see their brilliancy and feel their beauty —
When they shine on my grave I shall know neither". [1])

IV. Werner.

„Werner" ist kein Produkt Byron's im eigentlichen Sinne des Wortes. In demselben ist nichts von unseres Dichters eigentümlichem Geist enthalten, weder in Sprache noch in Charakterisirung. Es ist ein Schauerstück nach Art der Räuber- und Ritter-Romane, wie sie im Beginn unseres Jahrhunderts in Deutschland blühten. Byron gesteht auch in der Einleitung zu, dass das ganze Stück einem Romane entlehnt sei, der auf sein Gemüt in seiner Jugend einen besondern Eindruck hervorgebracht hatte. Er fügt noch hinzu: „I have adopted the characters, plan, and even the language, of many parts of this story." Wir haben es also hier einfach mit einem dialogisirten, fremden Roman zu tun und können ihn daher als nicht Byronisch ganz unberücksichtigt lassen.

Die bis jetzt besprochenen Tragödien sind die eigentlichen Dramen Byron's, das heisst, jene Werke, die er mit Bewusstsein für die Bühne geschrieben hat und an deren Aufführbarkeit er geglaubt haben muss. Dafür spricht schon der ganze dramatische Apparat, den er in Bewegung setzt. Und wenn er auch zu wiederholten Malen erklärt, dass er nicht für die Bühne schreibe und gegen die Aufführung von „Marino Faliero" sogar öffentlich protestirte, so ändert dies am Wesen der Sache nur wenig. Man darf eben nicht vergessen, dass Byron gegen öffentlichen Tadel ungemein empfindlich war. Die mögliche Gefahr, von dem süssen

[1]) ib. II p. 245.

Pöbel ausgezischt zu werden, veranlasse ihn daher, auch auf das etwaige Lob zu verzichten. Dafür spricht aber noch mehr der Umstand, dass Byron so hartnäckig die Teorie der drei Einheiten in die Praxis zu übersetzen versuchte. Denn wenn der Einheit des Ortes und der Zeit irgend welche Berechtigung beigelegt werden soll, so kann dies nur bei der wirklichen Aufführung geschehen, wo sie beim Zuschauer die Illusion des wirklichen Geschehens etwas unterstützen dürften. Bei einem Buchdrama wären sie absolut wertlos.

Byron's übrige Dramen sind dies eigentlich nur dem Namen nach. Sie haben — „Cain" vielleicht ausgenommen — vom Drama kaum etwas mehr als die dialogische Form an sich. Byron scheint die Absicht gehabt zu haben, die Hauptideen, welche seinen grossen Geist bewegte und seine lyrischen Poesien durchwehen und durchbrausen, auch in dramatische Form zu bringen. Und so hat er denn den Weltschmerz und seine grossartige Naturanschauung in „Manfred", Weltschmerz und religiösen Skeptizismus in „Cain", seine Bewunderung für die mächtigen und zerstörenden Kräfte in der Natur in „Heaven and Earth" niedergelegt.

V. Manfred.

Ich habe schon oben gelegentlich bemerkt, dass „Manfred" eigentlich gar kein Drama sei. Es besitzt weder Handlung noch einen eigentlichen Dialog. Auch ein Fortschreiten der Empfindung ist darin nicht zu bemerken. Derselbe Gedanke und derselbe Schmerz, der Manfred bei seinem ersten Auftreten beherrscht, verlässt ihn auch nicht eine Sekunde bis zum Schlusse des dritten Aktes, wo der Tod seinen irdischen Leiden ein Ende macht. Aber diese eine Empfindung des Schmerzes und der Verzweiflung ist so lebendig und mit solcher Kraft und Leidenschaft gemalt, dass „Manfred" zu den kühnsten und genialsten Schöpfungen der Byron'schen Muse gehört.

Manfred ist eine Art Faust, und es unterliegt gar keinem Zweifel, dass Göthe's „Faust" auf die Entstehung dieses Werkes einen bedeutenden Einfluss geübt habe. Byron sucht dies zwar in Abrede zu stellen; aber er selbst gesteht in einem Brief an seinen Verleger Murray: [1] „but I heard Mr. Lewis translate verbally some scenes of Goethe's Faust last summer; — which is all I know of the history of that magical personnage". Dies aber dürfte für einen Mann wie Byron auch vollkommen genug gewesen sein.

Damit soll freilich nicht gesagt werden, dass „Manfred" eine blosse Nachahmung sei; denn Byron's Geistesrichtung war von der Göthe's so grundverschieden, dass unter seiner Künstlerhand derselbe Stoff eine ganz neue Gestalt und ein ganz eigentümliches Gepräge annehmen musste.

Der Schmerz in allen seinen Formen und möglichen Schattirungen ist es, der Byron's Muse so beredt macht. Was einen andern Dichter mehr gewöhnlichen Gemütes niedergedrückt, ja erdrückt hätte, das verleiht seinem Genius nur immer neue Schnellkraft. Wie der Phönix der Glut, die ihn verzehrt, immer neu verjüngt entsteigt, so schöpft Byron aus den verzehrenden Flammen und brennenden Qualen,

---

[1] Datirt den 12. Oktober 1817.

die sein Gemüt zerreissen, immer neue Nahrung für seine lechzende Seele, holt er grade aus ihnen neue Stärke für seinen mächtigen Fittig, womit er sich zu nie geahnter Höhe aufschwingt. Und so ist Manfred die Personification des Schmerzes, das ganze Stück nur ein Angstruf der Verzweiflung, der sich einem gefolterten Gemüte entringt.

Faust ist der Repräsentant des denkenden Menschen im allgemeinen. Er leidet an dem der menschlichen Natur innewohnendem Uebel, dem kaum versöhnbaren Gegensatz von Stoff und Geist: Der Geist, der mit unbeschränktem Fluge gern in das innere Wesen der Dinge dringen, ja sogar über die Grenzen der sinnlich wahrnehmbaren Natur hinausschreiten möchte, und der spröde Stoff, der als schwerer Ballast die Freiheit dieser Bewegung teils hemmt, teils unmöglich macht. Manfred ist von demselben Gedankenübel wie Faust angekränkelt. Auch er hat durch Fleiss, durch Arbeit und Entsagung nicht nur alle Zweige des menschlichen Wissens durchstudirt, sondern auch das Reich der Geister seinem Willen untertan gemacht. Natürlich hat er trotzdem seine Befriedigung darin nicht gefunden; denn je weiter er vorgedrungen, desto brenneuder wurde sein Durst nach dem wahrhaft beseligenden Wissen, und da musste er denn bald zur traurigen Erkenntnis gelangen, dass

„... they who know the most
Must mourn the deepest o'er the fatal truth,
The Tree of Knowledge is not that of Life." [1])

Bei Manfred kommt überdies noch ein neues Moment hinzu, das so sehr in den Vordergrund tritt, dass es den Charakter des ganzen Stückes von Grund aus ändert. Manfred fühlt sein Gewissen mit einer schweren Schuld beladen. Seine Schwester Astarte, an der er mit ganzer Seele gehangen, mit einer Glut und Leidenschaft, die noch etwas mehr als gewöhnliche Geschwisterliebe waren, diese Schwester hatte durch sein Verschulden einen frühen Tod gefunden. Das ist es, was ihn so namenlos unglücklich macht, und diesen seinen Schmerz und diese seine Verzweiflung in ihrer ganzen Intensität und in allen ihren Phasen zu malen, das ist die Aufgabe dieses Stückes.

Wie die Furien einst Orestes, so verfolgt das Bild der gemordeten Schwester Manfred aller Orten. Nur Eines könnte ihn von seinen stechenden Qualen erlösen: „Forgetfulness", wenn er die Erinnerung an das Geschehene von seinem Gedächtnisse wegwischen könnte: allein diesen Segen kann er sich trotz all der Kraft seines Geistes und seiner geheimen Künste nicht erkaufen. Er will sich zuerst in das Studium der Wissenschaft versenken und ruft die Geister der Erde und des Oceans, der Luft und der Nacht, der Berge und der Winde und seinen eigenen Genius, der sie vereinen soll, er ruft sie alle, um ihm beizustehen: es ist umsonst! Die Wissenschaft kann ihn, wenn gut angewendet, zu Reichtum und Macht verhelfen, nie aber die laute Stimme in seinem Innern übertäuben oder gar zum Schweigen bringen:

„S p i r i t. We can but give thee that which we possess:
Ask of us subjects, sovereignty, the power
O'er earth, the whole, or portion, or a sign

---

[1]) Manf. I, 1, p. 176.

> Which shall control the elements, whereof
> We are the dominators, each and all,
> These shall be thine". [1])

Er will sich der Natur vertrauensvoll in die Arme werfen und, an ihrem mütterlichen Busen ruhend, Linderung für seine Schmerzen finden: allein Natur stösst ihn zurück. Ihr mächtig Donnerwort wie ihr zärtlich Kosen finden keinen Eingang in sein verstörtes Gemüt. Die erhabene Majestät der hohen Alpenspitzen mit ihren Wundern und Schrecken können ihn kaum für einen Augenblick betäuben; seine Verzweiflung kehrt bald wieder:

> „... My mother Earth!
> And thou fresh breaking Day, and yon, ye Mountains,
> Why are ye beautiful? I cannot love ye". [2])

Und weiter:

> „... Ye toppling crags of ice!
> Ye avalanches, whom a breath draws down
> In mountainous o'erwhelming, come and crush me!
> I hear ye momently above, beneath,
> Crash with a frequent conflict; but ye pass,
> And only fall on things that still would live". [3])

Aber auch die lieblichen Alpentäler mit ihren rauschenden Wasserfällen, über denen sich der Regenbogen siebenfarbig wölbt, können mit all ihren Reizen die düstere Schwermut seiner Seele nicht bannen. Die holde Zauberkönigin der lachenden Alpentäler, die er sich heraufbeschwört, vermag seinem gramumdüsterten Antlitz kein Lächeln der Befriedigung abzulocken:

> „Witch ... what would'st thou with me?
> Manf. To look upon thy beauty — nothing further.
> The face of the earth hath madden'd me, and I
> Take refuge in her mysteries, and pierce
> To the abode of those who govern her —
> But they can nothing aid me. I have sought
> From them what they could not bestow, and now
> I search no further". [4])

Von der Wissenschaft im Stiche gelassen, von der Natur zurückgestossen, bleibt ihm der Tod noch als einzige Hoffnung. Doch wie? wenn mit dem Tode noch nicht alles aus wäre? Wenn die Seele, nachdem sie von dem Körper geschieden, noch fortfährt zu existiren und die früher empfundene Qual dann noch mit zehnfach verstärkter Kraft weiter empfindet, da wäre ja der Gedanke an den Tod für ihn noch viel schrecklicher als das Leben selbst! Ueber diese Frage jedoch könnte ihm vielleicht die Philosophie, oder vielmehr die Metaphysik, befriedigenden Aufschluss geben. Um sich daher über diesen Punkt volle Gewissheit zu ver-

---

[1]) ib. I, 1, p. 180.
[2]) ib. I, 2, p. 184.
[3]) ib. p. 186.
[4]) ib. II, 2, p. 192.

schaffen, beschliesst er, die Geister der Abgeschiedenen zu befragen und lässt sich zu diesem Zwecke das Phantom seiner Schwester Astarte heraufbeschwören. Allein die ganze Transscendental - Philosophie gründet sich immer nur auf Hypotesen; eine positiv-gewisse Antwort kann sie nicht geben. Daher ist auch alles, was Manfred von dem Phantome erfährt, nichts als die Gewissheit seines Todes; auf seine anderen Fragen bekommt er nur das doppeldeutige „Farewell!" zur Antwort.

Vielleicht gelänge aber noch ein letzter Versuch? Wie wäre es, wenn Manfred dem fruchtlosen philosophischen Grübeln überhaupt entsagte und lieber auf die Tröstungen hören wollte, welche die Religion ihm durch den Mund des ehrwürdigen Abtes von St. Maurice spendet? Auch dies ist nicht möglich. Denn wer glaubt, ist wol leicht überzeugt; bei Manfred aber fehlt eben diese Grundlage jeder religiösen Ueberzeugung, der Glaube.

„Old man! there is no power in holy men,
Nor charm in prayer, — nor purifying form
Of penitence — nor outward look — nor fast
Nor agony — nor, greater than all these,
The innate tortures of that depp despair,
Which is remorse without the fear of hell,
But all in all sufficient to itself
Would make a hell of heaven — can exorcise
From out the unbounded spirit the quick sense
Of its own sins, wrongs, sufferance, and revenge
Upon itself". [1])

Und so bleibt denn Manfred nichts anderes übrig, als den Tod zu erwünschen und zu erwarten, der ihm wenigstens von den gewissen Uebeln dieser Welt Erlösnng bringen wird. Dies scheint mir in Kürze der Gedankengang dieser merkwürdigen Dichtung zu sein.

Eine andere Frage ist es, was Byron mit der mysteriösen Schuld, die Manfred's Herz belastet, denn eigentlich gemeint habe? Es lässt sich hier offenbar an etwas von dem Dichter wirklich Erlebtes nicht denken. Denn wiewol Byron nach seiner eigenen Erklärung kaum etwas gedichtet hat, dem nicht etwas Reales zu Grunde läge, so ist doch andererseits eben so gewiss, dass die ursprüngliche Veranlassung zu diesem Drama des Dichters Wunsch gewesen sei, den mächtigen Eindruck, den die herrliche Alpen-Natur auf sein Gemüt gemacht hatte, auf würdige Weise zu schildern. So schreibt er an Moore: „I wrote a sort of mad Drama, for the sake of introducing the Alpine scenery in description" [2]) und an Murray: „. . . and as to the germs of Manfred, they may be found in the Journal which I sent to Mrs. Leigh, when I . . . . made the giro of the Jungfrau, Schreckhorn etc. schortly before I left Switzerland. I have the whole scene of Manfred before me, as if it was but yesterday, and could point it out, spot by spost, torrent and all." [3]) Es scheint daher, dass die ganze Geschichte nur auf einer Fiction beruhe, und dass

---
[1]) ib. III, 1, p. 207.
[2]) Datirt den 25. März 1817.
[3]) Datirt den 12. Oktober 1817.

Manfred ein naher Blutsverwandter jener Gestalten sei, die Byron schon in seinen frühern Gedichten, in Childe Harold, The Cossair, Lara etc. gezeichnet hat. Diese mysteriöse Schuld ist nur eine durchsichtige Hülle, welche den darunter verborgenen Weltschmerz nur schwach verdeckt.

Der Mensch trägt vermöge seiner Zwitternatur den Keim seines Elends in sich selbst, und je mehr er denkt, je tiefer und klarer er schaut, desto grösser ist auch sein Unglück; denn dadurch wird er erst recht mit Trauer gewahr, wie ungewiss sein künftiges Schicksal, wie nebelumhüllt der allgemeine Zweck seines Daseins überhaupt sei. Er erkennt, wie eitel und nichtig all unsere vermeintlichen Freuden und Genüsse seien, sieht das Uebel immer mehr an sich herankommen und fühlt doch zugleich auch mit Schmerz seine gänzliche Ohnmacht, demselben wirksam steuern zu können:

„But we, who name ourselves its (the world's) sovereigns, we
Half dust, half deity, alike unfit
To sink or soar, with our mix'd essence make
A conflict of its elements, and breathe
The breath of degradation and of pride,
Contending with low wants and lofty will,
Till our mortality predominates,
And men are — what they name not to themselves,
And trust not to each other." [1])

Hier haben wir es also klar und deutlich ausgesprochen, was der wahre und innere Grund seines Schmerzes ist; das Schuldbewusstsein ist nur ein hinzugefügtes äusseres Moment, um seiner Verzweiflung einen verschärften Ausdruck zu geben.

Es sind also drei verschiedene Elemente in diesem dramatischen Gedichte zu einem einheitlichen Ganzen verschmolzen, der Weltschmerz, Naturschilderungen und das Titanisch-Faustische.

Von dem Weltschmerz habe ich so eben gesprochen. Er ist jenes Element, welches als leitendes Motiv das ganze Werk durchklingt.

Die eingestreuten Naturschilderungen machen einen nicht geringen Teil der Dichtung aus. Byron sagt an irgend einer Stelle in „Don Juan" von sich, dass die poetische Beschreibung eigentlich seine starke Seite sei. In der Tat sind auch die ersten zwei Gesänge von „Childe Harold" im Grunde genommen nichts anderes als eine dichterische Reisebeschreibung, freilich so lebendig dargestellt, dass man die Bilder förmlich vor sich zu sehen glaubt. Auch die in „Manfred" geschilderten Alpen-Szenen zeichnen sich durch Pracht, durch Kraftfülle des Ausdruckes und durch Naturtreue so wunderbar aus, dass sie mit zu dem Besten gehören, was Byron in diesem Genre geschrieben hat. Ich will nur eine Stelle anführen:

„It is not noon — the sunbow's rays still arch
The torrent with the many hues of heaven,
And roll the sheeted silver's waving column
O'er the crag's headlong perpendicular,

---

[1]) Manf. I, 2, p. 185.

And flung its lines of foaming light along,
And to and fro, like the pale courser's tail,
The Giant steed, to be bestrode by Death,
As told in the Apocalypse." [1])

Was den dritten Punkt betrifft, so habe ich schon oben bemerkt, dass Byron bei der Verfassung von „Manfred" Göthe's „Faust" vorgeschwebt haben müsse. Und in der Tat ist die Aehnlichkeit der beiden grossartigen Dichtungen gar nicht zu verkennen. Ja manche Stellen in „Manfred" klingen sogar wie eine etwas freie Uebersetzung des deutschen Originals. Wer wird z. B. bei der Stelle

„Philosophy and science, and the springs
Of wonder, and the wisdom of the world,
I have essay'd, and in my mind there is
A power to make these subject to itself —
But they avail not." [2])

nicht sofort an die Eingangs-Verse in „Faust" erinnert? Besonders aber im ersten Akte ist Byron dem Gedankengange „Faust's" ganz treu gefolgt. Beim Beginne des Stückes finden wir Manfred um die Mitternachtsstunde ganz allein in seiner Zelle in düsteres Brüten versunken. Er klagt sein Leid, dass all sein Studium und all sein Wissen weder seinem Geiste Ruhe noch seinem Herzen Befriedigung habe bringen können und er deshalb durch seine Zauberkraft das Geisterreich zu seinem Beistand rufen wolle. Die Geister erscheinen, wenn auch mit innerem Widerstreben, doch gezwungen durch die unwiderstehliche Macht seiner Beschwörung. Allein auch sie können, oder wollen ihm das nicht geben, wornach sein Herz so gierig brennt. Darüber gerät er noch mehr in Verzweiflung und will durch einen Sprung vom Felsen seinem Leben ein Ende machen. Während aber Faust, fein psychologisch motivirt, von einem ähnlichen Selbstmord-Versuch durch das plötzliche Erschallen der freudigen Ostergesänge abgehalten wird, bleibt Manfred nur durch eine Art Deus ex machina, einen plötzlich erscheinenden Gemsjäger, dem Leben erhalten.

Hier endet die Aehnlichkeit zwischen Faust und Manfred und muss auch enden, wegen der Grundverschiedenheit der Ideen, welche die beiden Dichter haben zur Anschauung bringen wollen. Faust repräsentirt die Menschheit im allgemeinen, Manfred hingegen nur eine Klasse von Menschen, die von einem zeitweiligen Gedankenübel angefressen ist. Faust kann und darf daher nicht zu Grunde gehen. Es muss sich ein Ausweg finden lassen, der den inneren Zwiespalt in seiner Natur versöhnt, oder doch zum mindesten überbrückt. Faust muss freilich, um der Strömung seines Geistes eine andere Richtung zu geben, vielfach herumtasten, immer von neuem suchen und versuchen; er wird häufig irren, oft genug in seinen Hoffnungen getäuscht werden: am Ende aber wird er doch auf irgend einem Felde praktischer Tätigkeit das Rätsel seines Lebens, wenn auch nicht unumstösslich wahr, so doch zu seiner innern Beruhigung gelösst finden. Manfred aber trägt vom Anbeginn den Todeskeim in sich; denn noch ist das Heilkraut nicht gefunden, das einem gebrochenen Herzen Genesung zu bringen vermöchte. Der Schmerz hat an

---

[1]) ib. II, 2.
[2]) ib. I, 1, p. 176.

und für sich etwas Lähmendes an sich, er lässt ein energisches Handeln gar nicht aufkommen. Wol kann er hie und da den Anstoss zu einer ganz ausserordentlichen Kraftäusserung geben; jedoch nur dann, wenn es gilt, den bis zur Unerträglichkeit gesteigerten Schmerz um jeden Preis von sich abzuwälzen. Wenn man sich aber in trauerndes Brüten über seinen eigenen Schmerz versenkt und die Unheilbarkeit desselben erkennt, dann ist ein freudiges Handeln nicht mehr möglich und es bleiben nur noch zwei Wege offen: Fromme Resignation, oder Verzweiflung und Tod. Manfred ist ein solches Opfer des nagenden und aufreibenden Schmerzes. Er hat den Kelch des Leids bis zur Neige geleert. Ihm haftet der Fluch an, alle natürliche Süssigkeit in Drachengift zu umwandeln, und so löst sich selbst das, was von Menschen gewöhnlicher Gemütsart als Freude und Genuss empfunden würde, durch das Medium seines zersetzenden Geistes durchgehend, bei ihm in lauter Elemente des Schmerzes auf:

„Look on me! there is an order
Of mortals on the earth, who do become
Old in their youth, and die ere middle age,
Without the violence of warlike death;
Some perishing of pleasure — some of study —
Some worn with toil — some of mere weariness —
Some of disease — and some insanity —
And some of wither'd, or of broken hearts;
For this last is a malady which slays
More than are number'd in the lists of Fate,
Taking all shapes and bearing many names.
Look upon me! for even of all these things
Have I partaken; and of all these things
One were enough." [1])

So können ihn Philosophie und Wissenschaft nicht trösten; an der Natur hat er seine Freude verloren; zur praktischen Tätigkeit hatte er schon früher nicht getaugt, weil sein stolzer Geist sich gegen jedes wie immer geartete Abhängigkeitsverhältnis auflehnte,

„... for he
Must serve who fain would sway" [2])

und taugt jetzt noch viel weniger dazu, wo er fortwährend über seinen Jammer brütet; zur frommen Resignation fehlt ihm der Glaube: und so hat er gar nichts Lebensfähiges in sich.

Endlich sei hier noch eines Unterschieds zwischen Faust und Manfred erwähnt, der jedoch mehr äusserlicher Natur ist. Faust verrät trotz seiner grossen Gelehrsamkeit, dass er ein echter Sohn des deutschen Volkes ist; Manfred hingegen vergisst es keinen Augenblick, dass er eigentlich in die Salons der hohen englischen Aristokratie hingehöre. Göthe macht dem Volksglauben das Zugeständnis, Faust seine Zauberkraft durch einen Bund mit dem Bösen erlangen, und dem Teufel seine Seele verschreiben zu lassen. Byron's Stolz und aristokratischem Gefühl widerstrebte

---

[1]) ib. III, 1. p. 209.
[2]) ib. p. 208.

eine solche populäre Auffassung. Manfred hat seine Kunst auf ganz natürlichem Wege erlangt. Er hat studirt, viel studirt, der Natur ihre Geheimnisse abgelauscht, sich in die Bücher und die Pergamente längst verschollener Weisheit vertieft: und warum sollte einem Menschen späterer Zeit, der etwas Titauenhaftes in seinem Busen sich regen fühlt, das ganz unmöglich sein, was bei den gottbegnadeten Menschen früherer Perioden etwas ganz gewöhnliches war? Manfred hat daher keinen Vertrag mit dem Teufel geschlossen. Es widerstrebt seinem unbändigen Stolze, irgend einem Wesen, und selbst wenn es das Höchste und Mächtigste wäre, eine Herrschaft über seinen Willen einzuräumen. Ja selbst als die zauberische Alpenkönigin ihm um diesen Preis Befreiung von seinem quälenden Schmerz verspricht, weist er dieses Anerbieten stolz zurück, weil er mit echtem Titanen-Trotz lieber unsäglich Leid erduldet, ehe er, das Knie beugend, eine Macht als über sich stehend anerkennt. Er fühlt sich in dieser Beziehung ganz rein und frei; er hat sich keine Schwachheit vorzuwerfen. Dieses stolze Bewusstsein bewahrt er bis zum letzten Augenblick. Schon mit dem Tode ringend, stösst er doch die Geister, die der Hölle entsteigen, um sich seiner zu bemächtigen, mit Ungestüm und erfolgreich zurück. Seine ungewöhnliche Macht war nicht durch ihren Beistand erkauft; sie haben kein Teil an seiner Seele.

Aus all dem, was ich über „Manfred" gesagt habe, geht wol hervor, dass wir es hier mit der genialen Schöpfung eines grossen Dichters zu tun haben, dass aber diese Schöpfung kein Drama sei. Tiefsinnige philosophische Betrachtungen wechseln mit herrlichen Naturschilderungen und leidenschaftlichen, vom tiefsten Seelenschmerz eingegebenen lyrischen Ergüssen. Das Stück entbehrt aber der beiden Haupt-Erfordernisse eines jeden Dramas, des Dialogs und der Handlung.

VI. Cain.

„Cain" ist ein würdiges Seitenstück zu „Manfred". Sein Inhalt ist grösstenteils metaphysischer Natur, und die beiden wichtigsten Gestalten des Stückes Cain und Lucifer vereinigen in sich die Hauptzüge vom Charakter Manfred's: ungemessenen Stolz, unbändigen Trotz, ungestilltes Verlangen, verzweifelndes Gemüt, vor allem aber skeptischen Geist.

Auch „Cain" ist kein eigentliches Drama, wie wol es entschieden mehr Handlung als „Manfred" und auch einen guten Dialog besitzt. Allein sein religiöser, oder besser anti-religiöser Inhalt, noch mehr aber die Masse philosophischer Spekulationen, die darin aufgespeichert sind, lassen es zur Aufführung ganz ungeeignet erscheinen. Auch will Byron dieses Stück nicht als Drama angesehen wissen. Er nennt es selbst „a mystery", eine Mysterie, in der mittelalterlichen Bedeutung des Wortes genommen, d. h. eine Erzählung aus der heiligen Schrift in dramatische Form gebracht. Nur darf man nicht etwa bei unserem Dichter die Naivetät mittelalterlicher Anschauungen und Vorstellungen suchen.

Es ist überhaupt für einen Menschen unserer Zeit ungemein schwer, ja beinahe unmöglich, sich auch nur in seiner Phantasie in die Gefühls- und Gedankenwelt einer Zeit zurückzuversetzen, von der uns die fortschreitende Kultur von Jahrtausenden trennt. Um so weniger wird es leicht gelingen, jenem verschwommenen

Bilde der grauen Urzeit wieder eine solche Farbenfrische zu geben, dass es mit der packenden Gewalt unverbrüchlicher Wahrheit sich unserer Seele aufdrängt. Auch Byron ist dies nicht gelungen. Die Gestalten, die er hier verkörpert, sind nicht die wirklichen ersten Menschen. So hat der biblische Cain gewiss nicht gesprochen, wie ihn Byron reden lässt. Es ist vielmehr der religiöse Skeptizismus des achtzehnten und neunzehnten Jahrhunderts, der hier in biblischem Rahmen auftritt. Aber das muss man gestehen, dass, wenn Cain und Lucifer die Sprache des neunzehnten Jahrhunderts hätten reden können, sie kaum etwas Besseres vorzubringen gewusst hätten, als was Byron ihnen in den Mund legt. Ihre Zweifel und ihre Argumente sind von solch einschneidender Schärfe, ihre Sprache so kräftig und von solch berückender Schönheit, dass man im ersten Augenblick von jenen wie von dieser ganz geblendet wird und sich mit fortgerissen fühlt. Cain rüttelt mit nerviger Faust und mit dem ganzen Ungestüm seines leidenschaftlichen, unzufriedenen Herzens an die Grundfesten des religiösen Glaubens. Er stellt die Erbsünde, die Unsterblichkeit der Seele, die Vergeltung im Jenseits, die göttliche Gerechtigkeit in Frage, so dass es beinahe gefährlich ist, jemand, der sich in seinem Glauben nicht ganz sicher fühlt, das Buch in die Hand zu geben; und zwar ist dies um so gefährlicher, als diese Ideen im glänzendsten Prachtgewand der Dichtung auftreten und dadurch unvermerkt sich schmeichlerisch in das Herz des Lesers einschleichen.

Denn „Cain" ist ein Kunstwerk. Es ist Byron hier gelungen, was ihm in seinen andern dramatischen Erzeugnissen missglückt ist, nämlich, eine feine und geistvolle psychologische Motivirung vom Anfang bis zum Ende mit Consequenz durchzuführen, die einzelnen Charaktere scharf zu zeichnen und sie aus einander zu halten, und einen lebendigen Dialog zu schaffen, der aus dem Charakter der auftretenden Personen entspringt und diesem auch vollkommen entspricht. Dies gilt besonders von den beiden Hauptgestalten, Cain und Lucifer. Freilich sind das grade Charaktere, mit denen Byron besonders gut vertraut ist. Sie tragen beide so bekannte und scharf ausgeprägte Züge, dass wir uns ganz unwillkürlich fragen, wo wir denn nur dieses Antlitz wol schon einmal gesehen haben mögen? Und da bleiben unsere schweifenden Gedanken gar bald bei Manfred sinnend stehen, von der nicht zu verkennenden Aehnlichkeit plötzlich getroffen. Auch Cain und Lucifer selbst sind in ihrem Grund-Charakter nicht besonders von einander verschieden. Jener trägt in seinem Herzen schon die Keime von all dem, was dieser in Wirklichkeit geworden ist. Man könnte Cain den embryonischen Lucifer nennen. Nur darf man dabei nicht etwa an die volkstümlichen Vorstellungen von Teufel und Cain denken.

Nach dem Vorgange Milton's hat Byron Lucifer nicht als den Inbegriff des absolut Hässlichen und Schlechten hingestellt. Im Gegenteil, Lucifer hat von seiner Göttlichkeit nichts eingebüsst. Er ist noch immer, was er einst gewesen war, ein Engel, wenn auch ein gefallener, dessen himmlischer Glanz ein wenig verblasst ist. Er war vor seinem Sturze sogar der Angesehenste in der ganzen Engelschaar und stand selbst an Macht dem höchsten Wesen sehr nahe. Allein sein Stolz und sein Ehrgeiz konnten es nicht vertragen, selbst im Himmelreiche nur der Zweite zu sein, und so war er denn tollkühn genug, selbst mit dem

Allerhöchsten den Kampf um die Himmelsherrschaft zu wagen. Es kam, wie es kommen musste, Lucifer unterlag. Er ward verbannt von Gottes Nähe und des Himmels Tore bleiben fortan für ihn verschlossen. Er empfindet schwer diese Entbehrung, denn man verschmerzt nicht so leicht den Verlust eines lang gewohnten Genusses. Allein wiewol er sich durch eine aufrichtige Unterwerfung unter den Willen Gottes den Wiedereintritt in den Himmel leicht erkaufen könnte, verschmäht er doch dieses Mittel. Denn er hat nun einmal die süssen Freuden des Befehlens gekostet, und so fiele ihm das Gehorchen nun doppelt schwer. Er setzt daher der unendlichen Macht Gottes seinen unendlichen Trotz entgegen und beschliesst, lieber als unumschränkter Herrscher in seinem selbstgeschaffenen Reiche, wenn auch nur dem Reiche der Finsternis, zu tronen, als sich im göttlichen Lichte zu sonnen, ein gedemütigter Sklave seines gehassten und gefürchteten Herrn:

„Lucifer. No — I have nought in common with him (the Lord)!
Nor would: I would be aught above — beneath —
Aught save a sharer or a servant of
His power. I dwell apart; but I am great: —
Many there are who worship me, and more who shall". [1])

Lucifer ist aber nur besiegt, nicht auch vernichtet. Noch immer hat er die Hoffnung nicht aufgegeben, dereinst in den verlorenen Himmel, jedoch als Sieger, zurückzukehren. Es wird einen langen und langwierigen Kampf kosten. Inzwischen gilt es, die Rüstkammern wol zu füllen und sein Heer zu verstärken, und jedes Wesen, das er von Jehovah abtrünnig macht, bringt Zuwachs seiner eigenen Macht. Schon ist es ihm gelungen, Eva zu Falle zu bringen: jetzt wirft er seine Netze nach Cain aus. Bei diesem ist seine Arbeit teils erleichtert, teils erschwert: erleichtert, da Cain's Natur der seinigen gleichgeartet ist, doch auch erschwert; denn bei ihm ist es nicht genug, wie bei Eva einfach nur ein bischen die Lüsternheit zu erregen: er kann vielmehr nur von der Seite seines Verstandes gefasst werden. Darauf hat auch Lucifer seinen äusserst schlauen Operationsplan gegründet.

Cain ist mit seinem Loose unzufrieden; der Baum der Erkenntnis fängt an, seine Früchte zu tragen. Er sitzt oft Stunden lang vor den Toren des cherubim-umwachten Paradieses und wirft sehnsuchtsvolle Blicke nach dem verbotenen Garten, den er als sein rechtmässiges Erbe betrachtet. Seine Seele ist von Gram und Zorn erfüllt, dass er für etwas solle büssen müssen, das er nicht selbst verschuldet hat und das er überhaupt nicht als Schuld erkennen kann:

„And this is
Life! — Toil! and wherefore should I toil? — because
My father could not keep his place in Eden.
What had I done in this? — I was unborn:
I sought not to be born; nor love the state
To which that birth has brought me. . . .
The tree was planted, and why not for him?
If not, why place him near it, where it grew,

---

[1]) Cain I p. 232.

The fairest in the centre? They have but
One answer to all questions, „'Twas his will,
And he is good". „How know I that? Because
He is all-powerful, must all-good, too, follow?" [1])
Besonders aber ist es der Tod, dieses unbekannte Etwas, das über die Menschen als Strafe für Adam's Fall verhängt wurde, das ihm die Ruhe raubt. Wenn es nur ein Wesen wäre, dem man offen in's Auge sehen könnte, er würde den Kampf mit ihm nicht scheuen, wäre sein Anblick auch noch so furchtbar. Er hat ihm auch schon manche lange Nacht in stiller Einsamkeit und mit banger Erwartung vor Eden's Gartenwällen aufgelauert, und wenn dann des Paradieses Bäume im Licht der Flammenschwerter ihre Riesenschatten warfen, da glaubte er oft den Tod aus dem Garten huschen zu sehen und war schon zum Sprung bereit, um mit dem unersättlichen Menschenfeind zu ringen. Aber immer wieder war er getäuscht worden, der Tod hatte sich nicht blicken lassen, und Cain muss fortfahren, vor einem wesenlosen Schattengespenst zu zittern.

In diesem Zustande der Unzufriedenheit und der Aufregung trifft ihn Lucifer. Der rebellische Engel sucht nun seinen irdischen Gesinnungsgenossen durch fein gesetzte Worte und scharf geschliffene Sophismen in seinen rebellischen Grundsätzen nur noch mehr zu bestärken und weckt durch seine kühnen Lästerreden gegen die Güte und Gerechtigkeit Gottes Zweifel und Ideen in seiner Brust, die bis dahin Cain nur verworren vorgeschwebt hatten.

„He (God) is great —
But, in his greatness, is no happier than
We in our conflict! Goodness would not make
Evil; and what else hath he made? ...
.... he is alone
Indefinite, indissoluble tyrant;
Could he but crush himself, 'twere the best boon
He ever granted: but let him reign on,
And multiply himself in misery!
Spirits and Men, at least we sympathise —
And, suffering in concert, make our pangs
Innumerable, more endurable,
By the unbounded sympathy of all
With all." [2])

Durch dieses feine Manöver hat sich der schlaue Geist der Verneinung mit einem Schlage Cain's ganze Sympatie und sein volles Zutrauen gewonnen, und von diesem Augenblicke an ist ihm auch seine Beute ganz gewiss.

Durch den unverzeihlichen Leichtsinn seiner Mutter der Frucht des Lebensbaumes beraubt, möchte Cain wenigstens als Ersatz die Erkenntnis haben, die Eva dafür eingetauscht. Was ihn aber der Besitz der Erkenntnis bis jetzt gelehrt, oder hatte ahnen lassen, diente nur dazu, seinen Schmerz und seinen Kummer noch zu

---

[1]) ib. I p. 224.
[2]) ib. I. p. 227.

vermehren, war aber nicht jenes tiefe Wissen von der Natur der Dinge und seines eigenen Wesens, wonach seine Seele lechzt. Lucifer erbietet sich bereitwilligst, seine Wünsche in dieser Hinsicht zu befriedigen und hält auch wirklich Wort. Doch hütet er sich wol, ihm in jene Geheimnisse der Natur einzuweihen, durch deren Kenntnis er sie sich dienstbar machen könnte. Denn eine solche Offenbarung würde Cain's Herz befriedigt haben; er wäre stolz darauf gewesen, den Zauberstab zu besitzen, der die widerspänstige Natur seinem Willen zwingt. Gerechtfertigter Stolz aber ist ein freudiges Gefühl, und Cain hätte trotz des verlorenen Paradieses noch immer glücklich sein können. Allein Beglücken ist Lucifer's Sache nicht. Wie sollte er auch? Sind doch die Menschen Geschöpfe seines Feindes!

„I made ye not;
Ye are his creatures, and not mine!" [1])

Im Gegenteil ist Lucifer's ganzes Streben einzig darauf gerichtet, Cain unglücklich zu machen, indem er ihn die ganze Erbärmlichkeit seines Nichts' in ihrer vollen Schwere empfinden lassen will.

„And this should be the human sum
Of knowledge, to know mortal nature's nothingness." [2])

Und dies gelingt ihm nur zu gut. Er führt nämlich Cain im Fluge mit sich fort und lässt ihn einen Blick auf das Weltensystem als ein Ganzes werfen. Er zeigt ihm, wie seine vielgerühmte Erde, von der er selbst nur ein Atom ist, nach dem Maasse ihrer Entfernung immer mehr nur zu einem verschwindend kleinen, kaum sichtbaren Pünktchen zusammenschrumpft; zeigt ihm die Riesentrümmer einer voradamitischen Erde, die von Geschöpfen ganz ungeheurer Grösse und Kraft bewohnt gewesen ist; belehrt ihn, wie die jetzige Erde mit ihren winzigen Geschöpfen von der neidischen Gottheit eigentlich nur als schwaches Miniaturbild jener vorangegangenen Riesen-Erde geschaffen worden sei; verweigert ihm aber jene Aufklärung über das Wesen des Lebens, über Bestimmung und Zukunft des Menschen, die allein im Stande gewesen wäre, ihn zu trösten und mit seinem Schicksal zu versöhnen, raubt ihm vielmehr das Bischen Ruhe, das ihm noch geblieben, indem er durch leicht hingeworfene Worte in seinem Herzen Neid gegen seinen Bruder Abel erweckt.

So kehrt Cain von seiner Weltenfahrt zur Erde wieder, zerrissen in seinem Innern und noch viel unglücklicher als er je zuvor gewesen. In diesem traurigen Gemütszustande trifft ihn sein Bruder Abel und dringt in ihn, seinem Versprechen gemäss endlich das zu tun, was er bis jetzt noch nie getan, Jehovah ein Opfer zu bringen. Cain sträubt sich mit aller Macht gegen diese Zumutung. Wie sollte er sich auch dankbar und voll Ehrfurcht vor dem Gotte beugen, den er nach Lucifer's höllischer Einflüsterung von nun an nicht als den Woltäter, sondern als den Feind der Menschen betrachten muss? Doch Abel versteht es, so eindringlich zu sprechen, dass sich Cain endlich, wenn auch mit Widerstreben seinem Willen fügt, und so schreiten sie denn zum Opfer. Allein in der rebellischen Stimmung, in der sich Cain befindet, wird selbst sein Gebet zur Lästerung. Sein Opfer wird von Gott nicht angenommen. Die Flamme, die Abel's Opfer aufgezehrt, lässt Caiu's Altar

---

[1]) ib. II, 2, p. 262.
[2]) ib. p. 263.

unberührt. Derselbe wird vielmehr durch einen plötzlichen Windstoss umgestürzt und die darauf gelegten Früchte nach allen Richtungen zerstreut. Da erwacht der böse Dämon in seinem Herzen. Abel will ihn zu sich niederzwingen, damit er durch ein neues, aufrichtiges Opfer die erzürnte Gottheit versöhne. Davon will Cain nichts hören, er will vielmehr, teils aus Zorn, teils aus Eifersucht, auch Abel's Altar zerstören. Dem widersetzt sich dieser. Cain wird immer stürmischer, immer heftiger, je hartnäckiger sein Bruder ihm widersteht; und in einem Anfalle blinder Wut, ich möchte sagen, von Wahnsinn, ohne eigentlich zu wissen, was er tue, erfasst er einen Feuerbrand, schlägt Abel auf die Schläfe, und das Grässliche ist geschehen. Der Tod hat seinen Einzug in die Welt gehalten, der Bruder hat den Bruder erschlagen!

Doch kaum ist die verhängnisvolle Tat geschehen, so ist Cain's Zorn auch schon verraucht, und mit Grauen und Schrecken wird er sich seines Verbrechens bewusst. Die gemischten Gefühle von Furcht und Hoffnung, von Reue und Verzweiflung, die sein Herz bestürmen, als er sich dem todten Bruder allein gegenüber findet, sind mit einer Feinheit und Zartheit geschildert, die jeder Beschreibung spotten. Cain weiss sich anfangs die so plötzliche Ruhe und Blässe seines Bruders nicht zu erklären. Er glaubt, dass dieser ihn necken, ihm nur Furcht einjagen wolle, und beschwört ihn daher auf das Flehentlichste, doch nur wenigstens e i n Wort wieder zu ihm sprechen zu wollen; bis endlich nach langen, vergeblichen Bemühungen die traurige Wahrheit in seiner Seele aufdämmert, dass dies wol der so ängstlich gefürchtete Tod sein müsse.

Was jedoch noch weiter folgt, scheint mir etwas minder gelungen. Es soll zwar nicht geläugnet werden, dass sich darin noch manche Stellen von wunderbarer Kraft und poetischer Schönheit vorfinden; doch klingt das ganze etwas zu modern und will nicht recht in den Rahmen passen. Als Eva ihren Lieblingssohn todt vor sich liegen sieht und den Zusammenhang der ganzen Geschichte errät, da rast sie wie eine Bärin, der man ihr Junges geraubt und schleudert einen wilden, patetischen Fluch gegen Cain, um den sie die Herzogin von York in Richard III. beneiden könnte, während Adam mit der männlichen Ruhe eines Stoikers seinem Sohne erklärt, dass sie von nun an nicht mehr unter einem Dache leben würden, und Ada, seine Frau, mit feiner, echt weiblicher Empfindung begabt, ihr Schicksal von dem ihres Gatten nicht trennen will, vielmehr ihren festen Entschluss ausspricht, ihn trösten und ihm folgen zu wollen, wohin sein böses Geschick ihn auch treiben möge.

Ganz sonderbar nimmt es sich aber aus, wenn Byron zuletzt gar den Engel Gottes einführt, denselben zu Cain in beinahe wortgetreuer Uebersetzung die Sprache der Bibel reden und ihm zuletzt das Zeichen auf die Stirne drücken lässt. Die Stelle ist ebenso überflüssig, wie sie einen unangenehmen Eindruck macht. Sie ist überflüssig, weil der Fluch des Engels eigentlich nur die zweite und zwar verschlechterte Auflage vom Fluche Eva's ist. Sie ist unangenehm wegen ihres grellen Kontrastes an Sprache und Inhalt mit dem Vorhergegangenen.

Byron hat nämlich in diesem Stücke von der Bibel beinahe nichts mehr als die Namen und das trockene Factum entlehnt. Denn, so lückenhaft auch grade die Geschichte Cains in der Bibel dargestellt sein mag, so ist doch aus derselben mit Klarheit zu ersehen, was für einen Charakter sie in der Gestalt Cain's habe zeigen wollen. Cain besitzt nach der Schrift ein wildes, boshaftes, neidisches Herz, der es nicht verschmerzen kann, dass seines Bruders wolgemeintes Opfer von der Gottheit gnädiger angenommen wurde, als sein erzwungenes, jenen deshalb heimtückisch in's Freie lockt und ihn meuchlerisch erschlägt. Von Gott befragt, wo denn sein Bruder Abel sei? gibt er die unverschämte Antwort: „Bin ich denn der Hüter meines Bruders?" Damit ist wol zur Genüge angedeutet, dass wir es hier mit einem verstockten, hartgesottenen Sünder zu tun haben.

Wie hat sich jedoch dieser dürre Stoff in unseres Dichters Hand verwandelt! Was für Gestalten voll Mark und Leben hat er nicht aus demselben herausgemeisselt! Das Bild Cain's hebt und reckt sich vor unsern Augen in's Riesenhafte empor. Er erregt unsere lebhafteste Teilnahme und nimmt unsere vollste Aufmerksamkeit in Anspruch. Byron's Cain ist nicht böse, er ist vielmehr eine edle Natur. Er grollt wol seinen Eltern, dass sie durch ihre Lüsternheit ihm, dem Unschuldigen, und seinen Nachkommen den Tod gebracht; allein er wäre auch bereit, sich freiwillig für dieselben zu opfern, wenn dadurch der Zorn Gottes versöhnt würde, wenn er durch diese seine Selbstaufopferung das böse Uebel des Todes überhaupt von der Welt schaffen könnte.

„Adah Would I could die for them (my parents), so they might live!
Cain Why, so say I — provided that one victim
Might satiate the insatiable of life,
And that our little rosy sleeper there
Might never taste of death nor human sorrow,
Nor hand it down to those who spring from him". [1])

Doch besitzt er einen trotzigen, stolzen Sinn und bringt es deshalb nicht über sich, mit hündischer Unterwürfigkeit die Hand zu küssen, die ihn gezüchtigt, selbst wenn es die Hand Gottes wäre. Und die Anklagen, die er gegen die Gerechtigkeit Gottes vorbringt, sind scharf und plausibel genug; denn die Widerlegung seiner Gründe, die Byron seinen Eltern und Geschwistern in den Mund legt, sind so dünn und fadenscheinig, dass man es sofort merkt, es sei dem Dichter nicht recht ernst damit gewesen, dass vielmehr seine ganze Sympatie sich Cain und dessen dämonischem Begleiter zuwende. Diese beiden stehen an Kraft und Geist so gross da, dass sie alle übrigen Personen ganz in den Schatten stellen. Und besonders dieser Abel nimmt sich Cain gegenüber so zwerghaft aus, dass man es gar nicht begreift, woher er nur den Mut nehme, den Riesenbruder so schwer zu reizen, und man ihm daher eine derbe Züchtigung wol gönnte, wenn es nur nicht der Tod wäre. Unter solchen Umständen erscheint das Verbrechen Cain's nicht mehr so gross. Seine Tat könnte keineswegs als Mord, höchstens nur als Todschlag bezeichnet werden, und zwar begleitet von solch mildernden Umständen, dass er von einer unparteiischen Jury sicherlich freigesprochen würde. Es ist nun klar, dass auf Byron's Cain die Worte der Schrift nicht recht passen. Dieser Cain, wie wir ihn nach seiner unglückseligen, raschen Tat ganz zerknirscht und wie vernichtet vor uns sehen, verdient nicht den schweren, grässlichen Fluch, den die

---
[1]) ib. III. p. 267.

Bibel über ihren Cain ausspricht. Im Gegenteil, er verdient Schonung und Mitleid; denn er bedarf dessen, um nicht unter der ungeheuren Last zu erliegen, die sein zartes Gewissen ohnehin so hart beschwert. Dieser Cain würde ferner auf die Frage, wo denn sein Bruder sei? unmöglich mit der tückischen Gegenfrage der Schrift: „Am I then my brother's keeper?" geantwortet haben, nachdem er erst eine Minute zuvor solch aufrichtige Reue gezeigt hat. Und was soll endlich das mystische Aufdrücken des Siegels auf Cain's Stirne bedeuten? Man wende nicht ein, dass Byron auch dies beinahe wörtlich der Schrift entlehnt habe. Denn „Cain" ist seinem ganzen Geiste nach nichts weniger als ein „biblisches" Drama, und — eines schickt sich nicht für. alle. Was in der kindlich-naiven Sprache und Anschauung des ersten Buches Moses' schön, poetisch, ja erhaben klingt, das nimmt sich bei Byron, im Zusammenhang mit der vorausgegangenen Darstellung betrachtet, komisch, ja beinahe kindisch aus.

Ein Einwand wäre vielleicht noch gegen den ganzen zweiten Akt zu machen, dass er gar zu metaphysisch sei. Byron sucht hier seine kosmogonischen Speculationen in ein dichterisches Gewand zu kleiden; aber eine Philosophie in Versen hat gewöhnlich das Missliche an sich, dass sie weder rechte Philosophie, noch rechte Poesie ist. Ich könnte grade nicht sagen, dass Byron diese Klippe glücklich umschifft habe.

Der Eindruck, den jedoch das Werk als ein Ganzes macht, ist ein mächtiger, ja überwältigender. Es ist vielleicht im Intresse der Religion zu bedauern, dass Byron grade einen solch heiklen Stoff sich gewählt habe; doch möge man andererseits berücksichtigen, dass Byron keinen Katechismus, sondern ein Kunstwerk habe schaffen wollen.

VII. Heaven and Earth.

„Cain" hatte durch seine kühnen Angriffe auf manche religiöse Dogmen in den frommen Kreisen Englands einen Sturm von Entrüstung entfesselt, der sich in einer Unzahl von Schmähartikeln auf den Verfasser entlud und dem Verleger beinahe eine gerichtliche Verfolgung zugezogen hätte. Byron behauptete zwar immer, dass er gegen Angriffe auf seinen Charakter als Mensch und als Dichter ganz unempfindlich sei; wir wissen aber trotzdem, dass sein Schmerz und sein Aerger darüber, wenn auch künstlich verhehlt, darum doch um nichts geringer waren. Den besten Beweis dafür liefert seine heftige literarische Fehde mit dem Dichter Southey, die beinahe einen blutigen Ausgang genommen hätte. Und so liess er dann bald nach „Cain" das vorliegende Stück erscheinen, gleichsam als ein Zugeständnis an die öffentliche Meinung in England.

„Heaven and Earth" schliesst sich enge an „Cain" an, doch bildet es das freundliche Gegenstück zu demselben. Wol vernimmt man auch hier noch zuweilen etwas wie das dumpfe Grollen des fernen Donners, der mit wildem Krachen in „Cain" fortgetobt; doch ist im ganzen die Stimmung eine ruhige geworden. Der Dichter hat in friedlichere Bahnen eingelenkt. Er gibt Gott, was Gottes ist, lässt die Frommen gebührend belohnt werden und die Abtrünnigen ebenso gebührend ihren Frevel büssen. Die strengen Canoniker hatten ihren Willen; sie durften sich ihres vollen Triumphes freuen.

Auch dieses Stück ist, wie „Cain", eine Mysterie, der Stoff dem alten Testament entlehnt, die Szene eine der grossartigsten aus der Urgeschichte der Menschheit — die Sündflut. Damit aber auch das mytische Element nicht fehle, ist die Geschichte der mysteriösen Liebe von Himmelssöhnen zu Erdentöchtern mit einverflochten, eine Art antediluvianischen Schäferspiels, dem auch das Stück seinen Namen verdankt.

Wir befinden uns am Vorabende des grossen Ereignisses, der Sündflut. Auf der Erde herrscht reges Leben. Besonders ist es Cain's Stamm, der sich durch sein wildes Treiben bemerkbar macht. Der zwiefache Fluch der Mutter und des Engels scheint Cain an seiner körperlichen Konstitution nicht sonderlich geschadet zu haben; er ist vielmehr Stammvater eines Riesen-Geschlechtes geworden. Seine Nachkommen haben die Kraft, doch auch den ganzen Stolz und den ganzen Trotz ihres mächtigen Ahnherrn geerbt. Die Riesen-Jungfrauen von herrlicher Gestalt und Schönheit blicken mit Verachtung auf die Schwächlinge, die Adam's spät geborenem Sohn entstammen. Anah und Aholibamah, Cain's schöne Enkeltöchter, werden von Japhet und Irad, zwei Jünglingen aus Noah's Stamm, heiss und innig geliebt. Allein ihre treue Liebe und innige Zärtlichkeit rührt nicht das stolze Herz der schönen Cainstöchter. Ihr Sinn ist auf Höheres gerichtet. Sie haben es verstanden, durch ihre Reize selbst die Himmelssöhne zu fesseln und in deren Herzen Leidenschaften zu erwecken, wie sie sonst nur in der Menschen Brust zu lodern pflegen. Und so steigen denn allnächtlich, von ihrer glühenden Beschwörung mächtig angezogen, des Himmels Engel auf die Erde nieder, um mit den Töchtern des Staubes feurige Liebesschwüre auszutauschen. Diese unnatürliche Verbindung soll durch die Vernichtung des ganzen Menschengeschlechtes bestraft werden. Die schreckliche Stunde rückt immer näher heran. Vergebens erscheint noch im letzten Augenblicke der Erzengel Raphael, um die verirrten Seraphs zu ihrer Pflicht und in den Himmel zurückzurufen: sie beharren in ihrem Ungehorsam und wollen von den Töchtern Cain's nicht lassen. Sie werden daher aus den Reihen der Himmlischen gestossen, und über die Erde bricht die Sündflut herein.

Man sieht aus dieser kurzen Darstellung, dass das Stück so gut wie gar keine Handlung enthält. Es ist vom Anfange bis zum Ende nichts mehr als eine Aufeianderfolge von rein lyrischen Ergüssen, die sich häufig bis zum Dityrambus steigern. Darf nun auch das Stück auf den Namen eines Dramas keinen gerechten Anspruch erheben, so besitzt es einen desto grösseren Wert als ein Produkt lyrischer Kunst. Freilich ist dies auch ein Stoff, bei dem sich Byron so recht in seinem Elemente fühlen musste. Ich habe schon früher erwähnt, dass Byron in seinen wunderbaren Naturschilderungen am liebsten und längsten bei jenen Erscheinungen verweilt, wo die Natur ihre unwiderstehliche Kraft im Zerstören äussert. Die stürmisch bewegte See, die in ihrem blinden Wüten keinen Widerstand duldet und die stolzesten Gebilde der Menschenhand in einem Nu in tausend Trümmer schlägt; der rollende Donner, der zündende Blitz, der rasende Sturm, welche die mächtige Zedern des Libanon, die tausendjährigen Eichen des Urwaldes leicht wie ein Schilfrohr brechen; die hohe Majestät der Alpen, die mit unerschütterlicher Ruhe ihre stolzen, schneebedeckten Häupter in die Lüfte heben, doch wenn sie einmal voll Unmuth ihre weissen Locken schütteln, Tod und Verderben den unglücklichen Bewohnern ihrer Thäler bringen: das sind die Bilder, die seiner Phantasie sich zeigen und in deren Betrachtung seine Seele schwelgt. Wie musste erst das Bild der Sündflut, jener Idee der allgemeinen Vernichtung und des gänzlichen Unterganges alles Irdischen auf seine Einbildungskraft wirken! In der Tat gerät er bei dem Gedanken daran förmlich in Verzuckung. Seine Seele jubelt laut auf und ergiesst sich in einen Strom feurigster Begeisterung:

„Rejoice!

The abhorred race
Which could not keep in Eden their high place,
But listen'd to the voice
Of knowledge without power
Are nigh the hour
Of death!
Not slow, not single, not by sword, nor sorrow,
Nor years, nor heart-break, nor time's sapping motion,
Shall they drop off. Behold their last to-morrow!
Earth shall be ocean!
And no breath,
Save of the winds, be on the unbounded wave!
Angels shall tire their wings, but find no spot:
Not even a rock from out the liquid grave
Shall lift its point to save,
Or show the place where strong Despair hath died,
After long looking o'er the ocean wide
For the expected ebb which cometh not:
All shall be void,
Destroy'd!" [1]

Das schreckliche Schauspiel, das wir in seiner grauenhaften Grösse kaum in unseren Gedanken zu fassen vermögen, es tritt lebendig plastisch vor seinen geistigen Blick; ein Strich, ein Zug mit seinem Zauber-Pinsel — und seine Vision steht als farbenprächtiges Bild auch für unser Auge vollendet da.

Die Sonne hat ihre blutrote Scheibe wie mit einem Trauerflor umhüllt. Höher und immer höher türmen sich die formlosen Wolkenmassen. Die Elemente geraten in Aufruhr. Mitten in das Donuergekrache heult der Sturm hinein und versendet der Blitz seine unheimlich grellen Lichtstreifen. Der Regen giesst in Strömen hernieder, während gleichzeitig das Meer seine Ufer überschreitet. Es entsteht eine unbeschreibliche Verwirrung. Alles rennet und flüchtet, doch nicht so rasch als die Fluten steigen. Das Jammern der Menschen mischt sich mit dem Brüllen der Tiere und dem Angstruf der Vögel; es vermag sich niemand zu retten. Verzweiflungsvoll ringt die Mutter ihre Hände, will nicht für sich, nur für ihr unschuldig Kind Rettung erflehen; es ist umsonst! Denn unabänderlich ist Gottes Spruch und immer höher steigen die brausenden Fluten. Allmälig verhallen die menschlichen Laute; der letzte Cain's-Sohn hat seinen letzten Seufzer ausgehaucht.

---

[1] H. a. E. I, 3. p. 349.

Man vernimmt nur noch das dumpfe Brüllen der Löwen und Tiger, die sich in das hohe Waldgebirge hinaufgeflüchtet. Aber nur für kurze Zeit! denn immer höher noch steigt die brausende Flut und entwurzelt die stolzen Zedern, auf denen sie Schutz gesucht.

„And of the variegated mountain
Shall nought remain
Unchanged, or of the level plain;
Cedar and pine shall lift their tops in vain:
All merged within the universal fountain." [1)

Wie beneidenswert erscheint da, nicht alles, was Flügel hat! Die Bewohner der Lüfte werden sich doch wenigstens retten können? Allein auch deren Freude währt nur noch ganz kurze Zeit. Denn immer höher noch steigt die brausende Flut und bedeckt die Spitzen der höchsten Berge, wo der Adler in stolzer Einsamkeit für sich und seine Brut das unzugängliche Nest gebaut.

„The wave shall break upon your cliffs; and shells,
The little shells, of ocean's least things be
Deposed where now the eagle's offspring dwells —
How shall he shriek o'er the remorseless sea!
And call his nestlings up with fruitless yell,
Unanswer'd, save by the encroaching swell; —
While man shall long in vain for his broad wings,
The wings which could not save". [2)

Endlich ist alles stille, kein Laut mehr vernehmbar als das Pfeifen des Windes, der die einsame Arche auf der endlosen Wasserwüste vor sich her treibt.

Denselben lyrisch-dityrambischen Charakter tragen auch die übrigen Teile des Stückes. Besonders wären in dieser Beziehung jene Ansprachen zu erwähnen, wo die beiden Schwestern mit einer Mischung von irdischer und himmlischer Glut ihre Seraph-Bräutigame herbeibeschwören. [3)

Auch „Heaven and Earth" ist nicht frei von metaphysischen Spekulationen, wie dies schon die Natur des behandelten Stoffes mit sich bringt. Auch Spuren jenes wilden Geistes des Zweifels und der Lästerung, der „Cain" ganz durchzieht, sind hier in Fülle anzutreffen. Wir finden mitunter Reden, die recht lebhaft an die Sprache Cain's erinnern:

„Accursed
Be he who made thee and thy sire!
We deem our curses vain; we must expire;
But as we know the worst,
Why should our hymn be raised, our knees be bent
Before the implacable Omnipotent,
Since we must fall the same?
If he hath made earth, let it be his shame,
To make a world for torture". [4)

[1) ib.
[2) ib. p. 353.
[3) ib. I 1.
[4) ib. I 3 p. 372.

Doch ist im grossen und ganzen der milde Geist vorherrschend, besonders da die spezifisch christliche Idee von der einstigen Erlösung der leidenden Menschheit durch die freiwillige Selbstopferung Christi als versöhnendes Motiv eingeführt wird und dadurch eine heitere Perspective in die Zukunft eröffnet.

„Japh. The eternal will
Shall....
.... to the expiated Earth
Restore the beauty of her birth,
Her Eden in an endless paradise
Where man no more can fall as once he fell,
And even the very demons shall do well!
Spirits And when shall take effect this wondrous spell?
Japh. When the Redeemer cometh; first in pain
And then in glory". [1]

VIII. The Deformed Transformed.

Byron hatte das Unglück einen Klumpfuss zu besitzen. Dieses körperliche Gebrechen, das an und für sich nicht sonderlich viel zu bedeuten hätte, war jedoch für unsern Dichter eine Quelle fortwährender Kränkung und Demütigung gewesen. Es hat nicht wenig dazu beigetragen, in ihm jene Bitterkeit des Gemütes und jene düstere Weltanschauung zu zeitigen, welche seinen Dichtungen einen solch eigentümlichen Charakter geben, und war auch höchst wahrscheinlich Hauptveranlassung zur Entstehung dieses Dramas.

Arnold, der Held des Stückes, ist in Bezug auf Körperbeschaffenheit von der Natur nur stiefmütterlich behandelt worden. Ausser andern Unschönheiten, die ihn verunzieren, ist er auch noch mit einem Höcker belastet. Dies macht seinen Anblick sogar seiner eigenen Mutter widerwärtig und er hat oft genug von ihr die bittersten Schmähworte zu hören und arge Misshandlungen zu erdulden. Aber dieser verunstaltete Körper birgt ein äusserst empfindliches und leidenschaftliches Gemüt, und dies macht ihm die zugefügten Kränkungen nur noch unerträglicher. Eines Tages geht er nach einem heftigen Wortwechsel mit seiner Mutter abermals wie gewöhnlich in den Wald, um Holz zu fällen, und verwundet sich dabei die Hand. Er läuft zum nahen Quell, um das reichlich strömende Blut abzuwaschen, und bei dieser Gelegenheit besieht er etwas genauer seinen missgestalteten Körper im klaren Wasserspiegel. Da fährt er entsetzt über seine eigene Hässlichkeit zurück; tiefer Gram erfüllt sein Herz und schwerer Missmut bemächtigt sich so ganz seiner Seele, dass er seinem Leben ein Ende machen will. Schon will er sich in sein Messer stürzen, als er plötzlich einen fremden, unheimlich und spöttisch blickenden Mann vor sich sieht. Es ist Satan. Dieser erbietet sich, ihm nach Wunsch eine schöne Gestalt zu geben und verlangt als Gegenleistung eigentlich gar nichts von ihm. Arnold's eigene Taten sollen seine Richter sein.

„... You shall have no bond
But your own will, no contract save your deeds". [2]

---

[1] ib. p. 352.
[2] T. D. T, I 1. p. 291.

Damit ist dieser wol einverstanden. Er erhält auf seinen Wunsch die Gestalt des Achilles, während Satan in Arnold's abgelegte irdische Form schlüpft und sich den Namen Caesar beilegt. Nach vollbrachter Umwandlung beginnt das edle Paar seine Pilgerfahrt. Sie fliegen auf ihren Zauberrossen nach Italien, wo grade der Connetable von Bourbon die ewige Stadt belagert. Arnold zeichnet sich durch Mut und Geschicklichkeit aus, gewinnt das Vertrauen des Feldherrn, und als dieser bei der Erstürmung der Mauern Roms fällt, übernimmt jener den Oberbefehl und führt das siegreiche Heer in die eroberte Stadt. Es folgen noch einige Gräuelszenen bei der Plünderung Roms und damit bricht die Geschichte plötzlich ab. Das Stück ist Fragment geblieben.

Es ist dies jedoch nur wenig zu bedauern. Der Stoff des Stückes ist schon an und für sich bizarr und wenig erquicklich, und die Ausführung ist zum mindesten mangelhaft. Byron hat nach seinem eigenen Geständnisse in diesem Drama Göthe's Faust nachahmen wollen; der Versuch ist jedoch gänzlich misslungen. Arnold ist kein Faust und Caesar kein Mephistopheles; am allerwenigsten aber ist darin der hohe Geist von Göthe's unsterblichem Werke zu finden.

Dieser Arnold ist ein höchst unbedeutender und kleinlicher Mensch. Er jammert wie ein törichtes Mädchen und will sich das Leben nehmen, weil seine Maske nicht schön genug ist, um die Weiber auf den ersten Blick in ihn verliebt zu machen. Er versucht es zwar uns zu überzeugen, dass er sich zu etwas Höherem geboren und berufen fühle;

„Had no power presented me
The possibility of change, I would
Have done the best which spirit may to make
Its way with all deformity's dull, deadly,
Discouraging weight upon me, like a mountain,
In feeling, on my heart as on my shoulders." [1])

allein wie sollen wir ihm dies glauben? Wäre er wirklich ein Mann von ausgezeichneten Naturanlagen, ein Mann von starkem Wollen und hoher Geisteskraft, als der er sich später zeigt, so brauchte er wahrlich nicht erst den Teufel dazu, um ein unleidliches Verhältnis zu brechen und sich zu der ihm gebührenden Stellung aufzuschwingen. Wozu bedarf denn ein Mann von Geist überhaupt der körperlichen Schönheit? Grade seine Hässlichkeit und seine Gebrechlichkeit sollten für ihn ein Sporn sein, sich durch die ihm innewohnende Kraft zur Geltung zu bringen. Weiss doch die Geschichte Namen genug zu verzeichnen, deren Träger sich trotz ihres verunstalteten Körpers Ruhm und Achtung erzwungen haben. Wäre Arnold wirklich ein bedeutender Mann, so hätte ihn seine Hässlichkeit wie Richard III. vielleicht zu einem grossen Verbrecher, niemals aber zu einem Selbstmörder machen sollen. Arnold jedoch fühlt ursprünglich durchaus keine höheren Regungen in sich, nur Schönheit ist es, wonach er schmachtet. Als der Teufel es ihm frei stellt, sich eine neue Gestalt zu wählen und zu diesem Zwecke das Phantom von Julius Caesar heraufbeschwört, weist er dies zurück, weil — Caesar einen Kahlkopf hat; denn, sagt er:

„The phantom's bald; my quest is beauty." [2])

---
[1]) ib. p. 297.
[2]) ib. p. 293.

Und wie Arnold kein Faust, so ist Caesar kein Mephistopheles. Er ist ein geistreicher Spötter, der seine beissenden Sarkasmen mit cynischem Freimut jedermann in's Antlitz schleudert, die eitlen und törichten Bestrebungen der Menschen im allgemeinen mit der ätzenden Lauge seines unflätigen Witzes überschüttet, ist aber sonst ein ganz harmloses Geschöpf, das niemand etwas ernstlich zu Leide tut. Bei ihm ist nichts von dem zielbewussten Streben des Mephistopheles zu entdecken; nichts von jener diabolischen Kunst, womit der Göthe'sche Teufel sein Opfer umgarnt, es immer tiefer sinken und in seinen eigenen Augen sich erniedrigen lässt; nichts von jener dämonischen Lust, womit er durch Erweckung unerlaubter und unsittlicher Begierden auf Untergrabung und Vernichtung aller Tugend hinarbeitet: Der Byron'sche Teufel tut eigentlich gar nichts. Er ist nur ein philosophischer Zuschauer, der sich das törichte Treiben der Menge ohne innere Teilnahme betrachtet und darüber nur seine witzigen Glossen macht. Es ist absolut nicht abzusehen, was er denn eigentlich will. In all dem, was er wirklich tut, ist nichts enthalten, um ihn als Fürsten der Hölle zu legitimiren. Er hat Arnold vom Selbstmorde abgehalten, hat ihm eine schöne Gestalt gegeben, hat ihm Gelegenheit geboten, sich auf dem Schlachtfelde durch Heldenmut auszuzeichnen und dabei doch ein reines und edles Herz zu bewahren; denn Arnold ist es, der mit Gefahr seines eigenen Lebens die Unschuld einer edlen Jungfrau schützt und durch sein Ansehen dem wilden Morden und Plündern seiner zuchtlosen Soldaten Einhalt gebietet. Was hätte ein guter Geist des Lichts mehr für ihn tun können? Und so dürfen wir denn mit Recht fragen, wozu denn Byron überhaupt dieses Stück geschrieben habe? Eine klare Idee ist durchaus nicht herauszufinden; es müsste denn sein, Byron habe beweisen wollen, dass eine grosse Seele eigentlich nur in einem schönen Körper wohnen und sich entfalten könne; eine Teorie, zu der er sich wol kaum offen bekannt haben dürfte.

Wie bei einem so grossen Dichter wie Byron nicht anders zu erwarten steht, sind in diesem Stücke auch manche schöne Stellen enthalten. Besonders im zweiten Akte, der von der Erstürmung Roms handelt, ist ein Schlachtenbild von bunter Lebendigkeit gezeichnet. Die kriegerische Rohheit jener Zeit und der blinde Fanatismus, womit die beiden feindlichen Religionsparteien der Katholiken und Lutheraner sich bekämpften, sind mit wenigen Strichen recht kräftig dargestellt. Im ganzen jedoch muss das Drama ein entschiedener Missgriff genannt werden.

Dr. J. H. Groag.

Schulnachrichten.

I. Personalstand.

a) Der Lehrkörper:

Wirkliche Lehrer:

1. Josef **Lang**, k. k. Director, lehrte deutsche und französische Sprache in I a. 2. Anton **Stranik**, k. k. Professor, Custos der Lehrmittelsammlung für geometrisches Zeichnen und Cassier des Unterstützungsfondes für arme Schüler, lehrte Mathematik in I a, geometrisches Zeichnen in I a und b, II b, Kalligraphie in I a und b. 3. Johann **Aprent**, k. k. Professor, beurlaubt. 4. Josef **Haberleithner**, k. k. Professor, Custos der Schülerbibliothek und der geograhischen Lehrmittelsammlung, lehrte Geographie und Geschichte in II a und b, V, VI, VII. 5. Edmund **Schreinzer**, k. k. Professor, Custos des chemischen Laboratoriums, lehrte Naturgeschichte in I a, Chemie in IV, V, VI, VII. 6. Gustav **Schaller**, k. k. Professor, Custos der Lehrerbibliothek und der Lehrmittelsammlung für Freihandzeichnen, lehrte Freihandzeichnen in II b, III, IV, V, VI, VII. 7. Gottfried **Beil**, k. k. Professor, Custos der Lehrmittelsammlung für darstellende Geometrie, lehrte Mathematik in II a, III, Geometrie in II a, III, V, VI, VII. 8. Anton **Schindler**, k. k. Professor, lehrte Mathematik in V, VII. 9. Franz **Wastler**, k. k. Professor, Custos des naturhistorischen Cabinets, lehrte Naturgeschichte in I b, II a und b, V, VI, VII. 10. Heinrich **Hackel**, k. k. Professor, beurlaubt. 11. Theodor **Gartner**, k. k. Professor, lehrte deutsche Sprache in II a, französische Sprache in II a, III, V, VI, VII. 12. Ludwig **Lämermayr**, k. k. Professor, lehrte Mathematik in II b, IV, VI, Geometrie in IV. 13. Anton **Edtl**, k. k. Religions-Professor, Exhortator und Custos der Armenbibliothek, lehrte kathol. Religionslehre in I a und b, II a und b, III, IV. 14. Jon. **Groag**, Dr. der Philosophie, lehrte deutsche Sprache in II b, französische Sprache in II b, IV, englische Sprache in V, VI, VII. 15. Josef **König**, Custos des physikalischen Cabinets, lehrte Mathematik in I b, Physik in III, IV, VI, VII, National-Oeconomie in VII.

Hilfslehrer:

16. Karl **Stöhr**, k. k. prov. Turnlehrer, lehrte Turnen in allen Classen-Abtheilungen. 17. Eduard **Plöckinger**, lehrte deutsche Sprache in IV, V, VI, VII,

Geographie und Geschichte in IV. 18. **Franz Held**, lehrte deutsche Sprache in I b, III, französische Sprache in I b, Geographie und Geschichte in I a und b, III. 19. **Otto Paar**, Assistent für Freihandzeichnen in III, IV, V, lehrte diesen Gegenstand in II a selbstständig.

Nebenlehrer:

20. Alois **Weinwurm**, lehrte Gesang. 21. Michael **Himmelbauer**, lehrte Stenographie.

b) Die Dienerschaft:

1. Sebastian Ellerböck, Schul- und Kanzleidiener. 2. Herrmann Schmid, Aushilfs- und Cabinetsdiener. 3. Ludwig Bayer, Aushilfs- und Laboratoriumsdiener.

II. Lehrplan.

a) Obligate Lehrfächer.

1. Classe. Classenlehrer: (A) A. Stranik. (B) F. Held.

Katholische Religionslehre (2 Stunden). Katholische Glaubens- und Sittenlehre. (A und B) A. Edtl.

Deutsche Sprache (3 Stunden). Wiederholung der gesammten Formenlehre. Uebersicht der Satzformen. Sprech-, Lese- und Schreibübungen, letztere vorherrschend orthographischer und grammatischer Art. Besprechen und Memoriren des Gelesenen, mündliches und schriftliches Wiedergeben einfacher Erzählungen oder kurzer Beschreibungen. (A) J. Lang. (B) F. Held.

Französische Sprache (4 Stunden). Die Regeln der Aussprache und des Lesens mit Inbegriff der Lehre vom Accente; Formenlehre des *Nom* und *Pronom*, das Wichtigste über den *article partitif*, die am häufigsten vorkommenden Präpositionen, einfache Formen von *avoir* und *être*, Memoriren von Wörtern und Phrasen, Uebungen im Dictandoschreiben und im Uebersetzen leichter Sätze. (A) J. Lang. (B) F. Held.

Geographie (3 Stunden). Fundamentalsätze des geographischen Wissens. Beschreibung der Erdoberfläche in ihrer natürlichen Beschaffenheit und den allgemeinen Scheidungen nach Völkern und Staaten. (A und B) F. Held.

Mathematik (3 Stunden). Dekadisches Zahlensystem. Die Grundrechnungen mit unbenannten und einnamig benannten Zahlen, ohne und mit Decimalbrüchen, Grundzüge der Theilbarkeit, grösstes gemeinschaftliches Maß, kleinstes gemeinschaftliches Vielfaches. Gemeine Brüche, Verwandlung derselben in Decimalbrüche und umgekehrt; Rechnen mit periodischen Decimalbrüchen, Rechnen mit mehrnamig benannten Zahlen. (A) A. Stranik. *(B) J. König.

Naturgeschichte (3 Stunden). Anschauungsunterricht. I. Semester: Wirbelthiere. II. Semester: Wirbellose Thiere.

(A) E. Schreinzer. (B) F. Wastler.

Geometrisches Zeichnen (6 Stunden). Geometrische Anschauungslehre. Geometrische Gebilde in der Ebene (Linien, Winkel, Dreieck, Viereck, Vieleck, Kreis, Ellipse), Combinationen dieser Figuren, das geometrische Ornament, Elemente der Geometrie im Raume, Zeichnen nach Draht-, Holz- und Gypsmodellen.
(A und B) A. Stranik.

Schönschreiben (2 Stunden). Uebungen nach Vorlagen mit Ausschluss jeder Art von Kunstschriften. (A und B) A. Stranik.

2. Classe. Classenlehrer: (A) Th. Gartner. (B) Dr. J. Groag.

Katholische Religionslehre (2 Stunden). Cultus der katholischen Kirche.
(A und B) A. Edtl.

Deutsche Sprache (3 Stunden). Vervollständigung der Formenlehre, Lehre vom einfachen und erweiterten Satze. Mündliche und schriftliche Reproduction und Umarbeitung größerer abgeschlossener Stücke aus dem Lesebuche.
(A) Th. Gartner. (B) Dr. J. Groag.

Französische Sprache (4 Stunden). Gesammte übrige Formenlehre der flexiblen Redetheile, einschliesslich der häufigst vorkommenden unregelmässigen, defectiven und unpersönlichen Zeitwörter; Adverbien und Conjunctionen; die wichtigsten syntaktischen Regeln über den Gebrauch des Artikels, über das *Adjectif*, *qualitatif* und *determinatif*, endlich über das *Pronom*. Uebungen an vollständigen Sätzen. (A) Th. Gartner. (B) Dr. J. Groag.

Geographie und Geschichte (4 Stunden). Specielle Geographie Asiens und Afrikas, detaillirte Beschreibung der Terrainverhältnisse und der Stromgebiete Europas; Geographie des westlichen und südlichen Europas. — Uebersicht der Geschichte des Alterthums. (A und B) J. Haberleithner.

Mathematik (3 Stunden). Das wichtigste aus der Maß- und Gewichtskunde, aus dem Geld- und Münzwesen. Lehre von den Verhältnissen und Proportionen, Kettensatz, Procent- und einfache Zins-, Discont- und Terminrechnung, Theilregel, Durchschnitts- und Alligationsrechnung.
(A) G. Beil. (B) L. Lämermayr.

Naturgeschichte (3 Stunden). Anschauungsunterricht. I. Semester: Mineralogie. II. Semester: Botanik. (A und B) F. Wastler.

Geometrisches Zeichnen (3 Stunden). Planimetrie, Uebungen mit dem Zirkel und dem Reißzeuge überhaupt, Gebrauch der Reißschiene und des Dreiecks.
(A) G. Beil.. (B) A. Stranik.

Freihandzeichnen (4 Stunden). Zeichnen räumlicher und geometrischer Gebilde aus freier Hand nach perspektivischen Grundsätzen, durchgeführt an passenden Draht- und Holzmodellen; einfache technische Objecte (in Contouren).
(A) O. Paar. (B) G. Schaller.

3. Classe. Classenlehrer: G. Beil.

Katholische Religionslehre (2 Stunden). Geschichte der Offenbarung des alten Bundes. A. Edtl.

Deutsche Sprache (3 Stunden). Lehre vom zusammengesetzten Satze, Arten der Nebensätze, Verkürzungen derselben, die Periode, systematische Belehrung über Rechtschreibung und Zeichensetzung. Aufsätze verschiedener Art.
F. Held.

Französische Sprache (4 Stunden). Cursorische Wiederholung des Lehrstoffes der 1. und 2. Classe und Ergänzung der systematischen Kenntnis der gesammten Formenlehre durch die selteneren abweichenden Formen. Vollständige Syntax des *Nom* und *Pronom*. Leichte prosaische und poëtische Lecture.

Th. Gartner.

Geographie und Geschichte (4 Stunden). Specielle Geographie des nördlichen und östlichen Europas, namentlich Deutschlands. — Uebersicht der Geschichte des Mittelalters mit besonderer Hervorhebung der vaterländischen Momente.

F. Held.

Mathematik (3 Stunden). Fortgesetzte Uebungen im Rechnen mit besonderen Zahlen. Zusammengesetzte Verhältnisse mit Anwendungen auf verschiedene Aufgaben. Einübung der vier ersten Grundoperationen in allgemeinen Zahlen mit ein- und mehrgliedrigen Ausdrücken. Erheben auf die zweite und dritte Potenz. Ausziehen der Wurzel des zweiten und des dritten Grades aus besonderen Zahlen.

G. Beil.

Physik (4 Stunden). Experimentalphysik: Allgemeine Eigenschaften der Körper, Wärme, Statik und Dynamik fester, tropfbarer und ausdehnsamer Körper.

J. König.

Geometrisches Zeichnen (3 Stunden). Fortsetzung des Lehrstoffes der dritten Classe unter Anwendung auf Fälle und Beispiele aus der technischen Praxis. Stereometrie.
G. Beil.

Freihandzeichnen (4 Stunden). Uebungen im Ornamentzeichnen nach Entwürfen an der Schultafel und nach Musterblättern. Gedächtniszeichnungen, wie auch fortgesetzte perspectivische Darstellungen geeigneter technischer Objecte (schattirt).
G. Schaller und O. Paar.

4. Classe. Classenlehrer: E. Plöckinger.

Katholische Religionslehre (2 Stunden). Geschichte der Offenbarung des neuen Bundes.
A. Edtl.

Deutsche Sprache (3 Stunden). Zusammenfassender Abschluss des gesammten grammatischen Unterrichts; Zusammenstellung von Wortfamilien mit Rücksicht auf Vieldeutigkeit und Verwandtschaft der Wörter; das Wichtigste aus der Prosodik und Metrik. Aufsätze mit Berücksichtigung jener Formen, welche im bürgerlichen Leben am häufigsten nöthig werden.
E. Plöckinger.

Französische Sprache (3 Stunden). Systematische Kenntnis der Syntax des Zeitwortes und der inflexiblen Redetheile, Lehre vom Gebrauche der Zeiten und *Modi*, der Participien und Negations-Partikeln. Lehre vom französischen Satzbau und der Interpunction. Elemente der Wortbildungslehre. Mündliche und schriftliche Uebungen im Uebersetzen.
Dr. J. Groag.

Geographie und Geschichte (4 Stunden). Specielle Geographie des Vaterlandes. Umrisse der Verfassungslehre. Geographie Amerikas und Australiens. — Uebersicht der Geschichte der Neuzeit mit umständlicherer Behandlung der vaterländischen Geschichte.
E. Plöckinger.

Mathematik (4 Stunden). Wiederholung des Lehrstoffes der vorhergehenden Classen. Lehre von den ersten vier Grundoperationen mit allgemeinen Zahlen; grösstes gemeinschaftliches Maß und kleinstes gemeinschaftliches Vielfaches;

Lehre von den gemeinen Brüchen. Gleichungen des ersten Grades mit einer und zwei Unbekannten nebst Anwendung auf praktische Aufgaben.
L. Lämermayr.

Physik (2 Stunden). Experimentalphysik: Schall, Licht, Magnetismus, Elektricität.
J. König.

Chemie (2 Stunden). Uebersicht der wichtigsten Grundstoffe und ihrer Verbindungen, mit besonderer Berücksichtigung ihres natürlichen Vorkommens.
E. Schreinzer.

Geometrie (3 Stunden). Anwendung der vier algebraischen Grundoperationen zur Lösung von Aufgaben der Planimetrie und Stereometrie. Theoretisch-constructive Uebungen im Zeichnen der wichtigsten ebenen Curven. Einleitung in die darstellende Geometrie; orthogonale Projection des Punctes und der Linie.
L. Lämermayr.

Freihandzeichnen (4 Stunden). Fortschreitende Uebungen, wie in der dritten Classe.
G. Schaller und O. Paar.

5. Classe. Classenlehrer: J. Haberleithner.

Deutsche Sprache (3 Stunden). Lecture von Uebersetzungen aus der classischen Literatur der Griechen und Römer; Lecture aus der mittelhochdeutschen Periode. Ueberblick über die deutsche Literatur von ihren ersten Anfängen bis zum Schlusse des XIV. Jahrhunderts. Erläuterung des Wesens, der Formen und Arten der Poësie, sowie der vorzüglichsten prosaischen Darstellungsformen auf Grund der Lecture; Recitirübungen und Aufsätze über Gelesenes und Gehörtes.
E. Plöckinger.

Französische Sprache (3 Stunden). Wiederholung und Ergänzung des grammatischen Unterrichtes. Sprechübungen und schriftliche Aufsätze. Lesung von Musterstücken der historischen, descriptiven und epistolarischen Literatur mit Belehrungen über die französische Behandlungsweise der entsprechenden Stylgattungen.
Th. Gartner.

Englische Sprache (3 Stunden). Lese- und Betonungslehre; Einübung an zahlreichen Lesestücken. Die gesammte Formenlehre. Die zum Verständnisse einfacher Lesestücke erforderlichen Sätze aus der Syntax, Lecture erzählender und beschreibender Prosa.
Dr. J. Groag.

Geschichte (3 Stunden). Pragmatische Geschichte des Alterthums mit steter Berücksichtigung der hiermit im Zusammenhange stehenden geographischen Daten.
J. Haberleithner.

Mathematik (6 Stunden). Wiederholung des bisherigen Lehrstoffes aus der allgemeinen Arithmetik; Gleichungen des ersten Grades mit mehr als zwei Unbekannten; diophantische Gleichungen. Die Zahlensysteme überhaupt und das dekadische insbesondere; Theorie der Theilbarkeit; Lehre von den Decimalbrüchen, Potenzen und Wurzelgrössen; Bedeutung der imaginären und complexen Zahlen, die vier Grundoperationen mit denselben; Lehre von den Verhältnissen und Proportionen. Quadratische Gleichungen mit einer und mit zwei Unbekannten. Planimetrie, von streng wissenschaftlichem Standpunkte behandelt.
A. Schindler.

Naturgeschichte (3 Stunden). Anatomisch-physiologische Grundbegriffe des Thierreichs mit besonderer Rücksicht auf die höheren Thiere; Systematik der Thiere mit genauerem Eingehen in die niederen Thiere. F. Wastler.

Chemie (3 Stunden). Gesetze der chemischen Verbindungen. Atome, Molecule, Aequivalente, Werthigkeit der Atome, Typen, Bedeutung der chemischen Symbole und Formeln. Metalloide, Metalle der Alkalien, alkalische Erden und Erden. E. Schreinzer.

Darstellende Geometrie (3 Stunden). Die Lehre von der Ebene, Projectionen von Körpern, die durch Ebenen begränzt sind; Schnitte von Körpern mit Ebenen; gegenseitige Durchschnitte der Körper; krumme Linien und deren Beziehung zu geraden Linien und Ebenen. G. Beil.

Freihandzeichnen (4 Stunden). Fortschreitende Uebungen im Ornamentzeichnen. G. Schaller und O. Paar.

6. Classe. Classenlehrer: L. Lämermayr.

Deutsche Sprache (3 Stunden). Kurze Uebersicht der Literaturgeschichte vom XV. bis zur Mitte des XVIII. Jahrhunderts an der Hand der Lecture. Lesung zweier vollständiger Werke. Abhandlungen. E. Plöckinger.

Französische Sprache (2 Stunden). Sprechübungen und schriftliche Aufsätze. Behandlung von Musterstücken der epischen und lyrischen Dichtung, sowie der oratorischen Prosa mit steter Rücksicht auf die französische Poëtik und Rhetorik. Th. Gartner.

Englische Sprache (3 Stunden). Wiederholung der Formenlehre, hauptsächlich ihren anomalen Theils, Syntax, einschließlich der Modus- und Tempus-Lehre. Allmäliges Fortschreiten der schriftlichen Uebungen zu einfachen Briefen und Beschreibungen. Lecture didaktischer und oratorischer Prosa. Dr. J. Groag.

Geschichte (3 Stunden). Geschichte des VI. bis XVII. Jahrhunderts in gleicher Behandlungsweise, wie in der 5. Classe. J. Haberleithner.

Mathematik (6 Stunden). A. Arithmetik: Logarithmen, Gleichungen höheren Grades, welche auf quadratische zurückgeführt werden können, und Exponential-Gleichungen; arithmetische und geometrische Progressionen mit Anwendung auf Zinseszins- und Rentenrechnungen; Convergenz unendlicher Reihen, Combinationslehre; binomischer Lehrsatz. — B. Geometrie: Goniometrie und ebene Trigonometrie, Stereometrie, Elemente der sphärischen Trigonometrie. L. Lämermayr.

Naturgeschichte (2 Stunden). Anatomisch-physiologische Grundbegriffe des Pflanzenreiches, Systematik der Pflanzen. F. Wastler.

Physik (4 Stunden). Allgemeine Eigenschaften der Körper, Wirkungen der Molekularkräfte, Mechanik, Akustik. J. König.

Chemie (2 Stunden). Schwere Metalle. Chemie des Kohlenstoffs (ein-, zwei- oder mehrwerthige Alkohol-Radicale). E. Schreinzer.

Darstellende Geometrie (3 Stunden). Erzeugung und Darstellung krummer Flächen; Tangential-Ebenen an krummen Flächen. Schiefe Projection (Schattenlehre). G. Beil.

Freihandzeichnen (3 Stunden). Erklärung der Proportionen und anatomischen Formen des menschlichen Kopfes; Uebungen hierüber nach Vorzeich-

nungen, Vorlagen und Gypsmodellen. — Fortschreitende Uebungen im Ornamentzeichnen.
G. Schaller.

7. Classe. Classenlehrer: J. König.

Deutsche Sprache (3 Stunden). Ausführliche Darstellung der Literatur der zweiten Hälfte des XVIII. und des XIX. Jahrhunderts an der Hand der Lecture. Lesung zweier vollständiger Werke. Abhandlungen. Redeübungen, freie Vorträge.
E. Plöckinger.

Französische Sprache (2 Stunden). Sprechübungen und schriftliche Aufsätze. Lecture aus hervorragenden Werken der dramatischen Poësie. Gedrängte Geschichte der französischen Literatur.
Th. Gartner.

Englische Sprache (2 Stunden). Cursorische Wiederholung der gesammten Grammatik mit englischem Vortrage. Lecture poëtischer Werke. Freie Aufsätze
Dr. J. Groag.

Geschichte und verwandte Wissenschaften (4 Stunden). Ausführliche Behandlung der Geschichte des XVIII. und XIX. Jahrhunderts. Uebersicht der Statistik Oesterreichs-Ungarns. Elemente des österreichischen Gemeinde- und Verfassungswesens.
J. Haberleithner.

Elemente der National-Oekonomie (1 Stunde). Wesen des Volksvermögens, seiner Theile, ihre Entstehung und Verzehrung. Skizze des Bestandes und Erfolges der heimischen Urproduction, gewerblichen Industrie und Handelsthätigkeit.
J. König.

Mathematik (4 Stunden). Arithmetik: Wahrscheinlichkeits-Rechnung, Kettenbrüche, arithmetische Reihen höherer Ordnung. — Geometrie: Analytische Geometrie in der Ebene. — Wiederholung des gesammten arithmetischen und geometrischen Lehrstoffes der Oberclassen.
A. Schindler.

Naturgeschichte (3 Stunden). Kenntnis der wichtigsten Mineralien nach krystallographischen, physikalischen und chemischen Grundsätzen. Geognosie. — Grundzüge der Geologie, das Wichtigste aus der Klimatologie, der Phyto- und Zoogeographie.
F. Wastler.

Physik (4 Stunden). Elektricität, Magnetismus, Wärme, Optik, Grundlehren der Astronomie und mathematischen Geographie.
J. König.

Chemie (2 Stunden). Chemie des Kohlenstoffes. (Fortsetzung der Substanzen organischen Ursprunges) — Recapitulation mit kurzer Andeutung der neueren chemischen Theorien.
E. Schreinzer.

Darstellende Geometrie (3 Stunden). Centrale Projection (Perspective). Recapitulation der gesammten darstellenden Geometrie mit praktischen Anwendungen.
G. Boll.

Freihandzeichnen (3 Stunden). Fortschreitende Uebungen wie in der VI. Classe.
G. Schaller.

Turnen.

1. Classe. (2 Stunden). Ordnungsübungen: Bildung der Stirnreihe; Richtung, Fühlung, Flankenstellung; Stellungswechsel; Auflösen und Wiederbilden der Reihe; Gehen und Laufen im Takt und mit Gleichtritt auf verschiedenen

Ganglinien; $\frac{1}{4}$ und $\frac{1}{2}$ Windungen; Bildung des 3—4 gliederigen Reihenkörpers durch Neben-, Hinter- und Vorziehen der Reihen und Wiederumgestalten zur Linie im Gehen an und von Ort; Vorziehen der Reihen; Drehungen, Auflösen und Wiederbilden einzelner Reihen und Rotten; Oeffnen und Schliessen (nach Schritten) vorwärts und seitwärts. **Freiübungen**: Einfache Uebungen der Glieder und Gelenke im Stehen und Gehen; Hüpfen beid- und einbeinig, mit einer $\frac{1}{4}$ und $\frac{1}{2}$ Drehung; Nachstellgang, Dreitritt und Schrittwechselgang vorwärts; Dauerlauf bis 3 Minuten. **Stabübungen**: Stabheben mit gestreckten Armen zu verschiedenen Hebhalten. **Langes Schwungseil**: Durchlaufen; Hüpfen beidbeinig; Hineinlaufen, Hüpfen und Hinauslaufen. **Freispringen** geradeaus ohne Zuordnung von Beinthätigkeit zu mässiger Weite und Höhe. **Schwebebäume**: Aufsteigen und Abspringen; Schwebegehen vor- und seitwärts mit und ohne Fassung; Nachstellgang. **Wagrechte Leitern**: Streckhang mit Beinthätigkeiten und halten; Hangeln mit Rist-, Speich- und Ellgriff und Nachgreifen; Sprung zum Beugehang. **Schräge und senkrechte Leitern**: Steigen vorlings mit wechsel- und gleichhandigen Griffen. **Klettern**: Vorübungen; Klettern an einer Stange und Tau. **Barren**: Streckstütz mit Beinbewegungen und -halten; Innensitzwechsel an Ort und rückwärts; Ueberdrehen aus dem Stande zu Liegehangen und Stand. **Spiele**.

2. Classe. (2 Stunden). **Ordnungsübungen**: Bildung eines Reihenkörpers durch Reihung 1. Art, $\frac{1}{4}$ und $\frac{1}{2}$ Schwenkungen mit kleineren Reihen um den rechten Führer rechts und den linken Führer links; $\frac{1}{4}$ und $\frac{1}{2}$ Drehungen im Gehen an und von Ort; $\frac{1}{4}$ und $\frac{1}{2}$ Windungen mit Viererreihen. **Freiübungen**: Die einfachen Uebungen der Glieder und Gelenke im Stehen, im taktmässigen Wechsel, soweit sie überhaupt links und rechts ausführbar sind; Hüpfen mit $\frac{3}{4}$ Drehung; Wiegegang; Dreitritt- und Wiegelauf; Dauerlauf bis 5 Minuten. **Stabübungen**: Stabheben zu verschiedenen Beughalten der Arme. **Langes Schwungseil**: Ueberspringen des geschwungenen Seiles; Durchlaufen und Ueberspringen von zweien gleichzeitig. **Freispringen** mit Grätschen und Knieheben. **Sturmspringen**: Vorübungen; Niedersprung seitwärts vom Brette; Sprung über die obere, höchstens 1 Meter hoch stehende Kante. **Bockspringen**: Vorübungen und Sprung über den Bock. **Schwebebaum**: Gehen vor-, seit- und rückwärts ohne Fassung mit Beinthätigkeiten und Armhalten. **Wagrechte Leitern**: Beugehang in Verbindung mit Beinbewegungen und Beinhalten; Griffwechseln wechselhandig mit $\frac{1}{4}$ Armdrehung, Hangwechsel einarmig; Kurzschwingen; Kreisschwingen. **Schräge Leitern**: Steigen rücklings. **Senkrechte Leitern**: Hüftsteigen. **Klettergerüst**: Vorübungen; Klettern an einer und zwei Stangen mit Schlusswechseln. **Reck**: Sprung zum Stütz (Stange brusthoch); Griffwechsel im Stütz; Hangeln im Querhang; Unter- und Oberarmhang (Stange Kopf- und Schulterhoch); Ueberdrehen zu Liegehangarten. **Schaukelringe**: Hangstand; Kreisschwingen im Hangstand; Kurzschwingen; Schaukeln mit Abstoss. **Barren**: Reit- und Quersitzwechsel vor der Hang mit und ohne Zwischenschwung; Innensitzwechsel vorwärts; Stützeln an und von Ort. **Spiele**.

3. Classe. (2 Stunden). **Ordnungsübungen**: Reihungen mit Kreisen; $\frac{3}{4}$ und ganze Schwenkungen; Schwenkungen um den rechten Führer links, um den linken Führer rechts und um die Mitte, Oeffnen und Schliessen aus und zur Mitte. **Freiübungen**: Einfache Verbindungen zweier Uebungen der Glieder und Gelenke im Stehen; Schrittwechselhüpfen; Hopsergang; Schottischgehen; Schottischhüpfen; gewöhnlicher Gang im Wechsel mit den geübten Schrittarten; Dauerlauf bis 6 Minuten. **Stabübungen**: Stabheben in Verbindung mit den geübten Beinstellungen. **Hantelübungen** mit $1-1^{1}/_{2}$ Kilo schweren Hanteln: Heben und Senken; Beugen und Strecken der Arme in Verbindung mit einfachen Uebungen der Glieder und Gelenke im Stehen. **Freispringen** mit Anlauf beidbeinig. **Sturmspringen** bis $1^{1}/_{5}$ Meter hoch. **Bockspringen** zu höherem Maße. **Pferdspringen**: Vorübungen. **Schwebebaum**: Stellungswechsel; Begegnen und Ausweichen; Gehen mit Kniewippen. **Wagrechte Leitern**: Hang und Hangeln mit mässigem Schwunge; Hangzucken an Ort; Armwippen aus und zu Benghalten; Griffwechseln mit $^{1}/_{2}$ Armdrehungen; Hangeln mit Uebergriff. **Schräge Leitern**: Steigen an der unteren Seite. **Senkrechte Leitern**: Steigen rücklings. **Klettergerüst**: Klettern mit Umkreisen; Vorübungen und Wanderklettern; Abwärtsklettern mit gleichhandigen Griffen. **Reck**: Stützeln; Drehen aus dem Stütz zum Sitz; Felgeabschwung vorwärts; Sitzabschwung rückwärts; Wellaufschwung vorwärts; Griffwechseln im Liege- und Streckhaug. **Schaukelringe**: Ueberdrehen aus dem Stande zum Stand, zu Liegehänge und Grätschschwebehang; Schaukeln mit Abstoss im Unter- und Oberarmhang; Kreisschwingen. **Rundlauf**: Laufen ohne und mit Drehungen mit verschiedenen Fassungen. **Barren**: Reit- und Quersitzwechsel rückwärts; Wende; Ueberdrehen mit Zwie- und Ellgriff. **Spiele**.

4. Classe. (2 Stunden). **Ordnungsübungen**: Schwenkungen, Drehungen und Reihungen in Verbindung; Schlängeln durch die offenen Reihenabstände; Kette; Reigenaufzüge. **Freiübungen**: Verbindungen dreier Uebungen der Glieder und Gelenke im Stehen; Schritt-, Lauf- und Hüpfarten im Wechsel der Richtung; Schritt- und Kreuzzwirbeln; Dauerlauf bis 8 Minuten. **Stabübungen**: Uebersteigen; Stabüberheben ein- und beidarmig in Verbindung mit einfachen Uebungen der Glieder und Gelenke. **Hantelübungen**: Leichte zusammengesetzte Uebungen bis 4 Taktzeiten. **Freispringen** vom Stande und mit Anlauf mit $^{1}/_{4}$ und $^{1}/_{2}$ Drehungen. **Sturmspringen** bis $1^{1}/_{4}$ Meter. **Bockspringen**: Hoch; Sprung zum Knie- und Hockstand. **Pferdspringen**: Sprung zum Knie-, Hock- und Wolfstand; Spreiz- und Kehraufsitzen; Wechsel vom Stütz und Sitz. **Schwebebaum**: Wiederholung und Weiterbildung; Schwebekampf. **Wagrechte Leitern**: Armwippen bis zum spitzen Winkel; Hangzucken von Ort; Drehhangeln. **Schräge Leitern**: Hangeln aufwärts. **Senkrechte Leitern**: Hangeln abwärts mit Anlegen der Füsse. **Klettergerüst**: Spannklettern; Hangeln an Ort und aufwärts mit gestreckten Armen. **Reck**: Durchzug; Nest; Felgeaufschwung; Felge; Welle mit eingehängtem Knie; Hangschwingen. **Schaukelringe**: Wiederholung; Schaukeln mit Abstoss im Beugehang; Hangwechsel einarmig mit Drehung. **Rundlauf**: Galopplaufen; Uebertreten seitwärts; Laufen rückwärts. **Barren**: Reit- und Quersitz vor und hinter den Händen im Wechsel; Schwingen mit Knieheben und Grätschen; Liegestütz; im Unterarmstütz; Aufstemmen mit einem Arm; Ueberdrehen rückwärts zum Stand oder Liegehang; Kehre aus dem Stütz. **Ziehen-Schieben**. **Spiele**.

5. Classe (2 Stunden). Ordnungsübungen: Reihenkörporgefüge. Die früher geübten und geeigneten Umgestaltungen im Laufe ausgeführt. Freiübungen: Leichte Uebungsreihen; Dauerlauf bis 10 Minuten; Wettlauf. Hantel- und Eisenstabübungen (Gewicht bis 2 Kilogramm). Zusammengesetzte Uebungen in 6 Taktzeiten. Freispringen: Hoch, weit, über 2 Schnüre mit allmählich zu steigerndem Abstande. Sturmspringen bis $1^2/_5$ Meter. Bockspringen mit allmählich abgerücktem Brette mit $^1/_4$ und $^1/_2$ Drehungen am Niedersprungsort. Pferd: Seitensprünge; Hocke; Wolfsprung; Aufgrätschen zum Stand; Flanke zum Sitz. Hintersprünge: Sprung zum Reit-, Quer- und Seitsitz; Seitstütz vor- und rücklings; Wechsel von Stütz und Sitz; Kehraufsitz (Pferd zwischen hüft- und brusthoch). Wagrechte Leitern: Liegehangeln; Hangeln mit Armkreisen. Schräge Leiter: Liegestützeln und Liegehangeln auf- und abwärts. Senkrechte Leiter: Sitzsteigen. Stangengerüst: Klettern mit gleichhandigen Griffen. Reck: Drehhangeln an und von Ort; Hangwechsel vom Hang zum Unterarmhang; Durchschwung aus dem Hange; Schwebehang; Felgeaufschwung aus dem Hange. Schaukelringe: Niederspringen am Ende des ersten bis fünften Rückschwunges; Schaukeln im Beugehang in Verbindung mit Beinthätigkeiten am Ende des Vor- und Rückschwunges; Schaukeln ohne Abstoss durch Beinheben. Barren: Schwingen im Unterarmstütz im Wechsel mit Aussensitz; Aufstemmen wechsel- und gleicharmig aus dem Unterarmliegestütz; Rolle vorwärts zum Stand oder Grätschsitz; Ueberdrehen rückwärts aus dem Stand zum Grätschsitz. Ziehen und Schieben. Spiele.

6. Classe (2 Stunden). Ordnungsübungen: Zusammengesetzte Uebungen. Freiübungen: Erschwerte Uebungsreihen; Dauerlauf bis 12 Minuten. Hantel- und Eisenstabübungen bis zu 12 Taktzeiten. Freispringen: Hoch, weit, durch zwei allmählich zusammengerückte Freispringel. Sturmspringen über eine vorgespannte Schnur bei gleicher oder veränderter Bretthöhe. Bockspringen: Hoch, weit, Hocke. Pferdspringen: Seitensprünge; Hocke und Wolfsprung mit Drehungen; Wende; Flanke; Kehre; Sitzwechselübungen. Hintersprünge: Hocke und Katzensprung zum Stand und Stützabgrätschen; Kehre; Spreize; Flanke; Wendeaufsitz. Wagrechte Leiter: Schwingen mit Hangzucken an Ort; Drehhangeln von Ort an einen Holm. Schräge Leiter: Hangzucken auf- und abwärts. Senkrechte Leiter: Steigen mit einhandigen Griffen. Stangengerüst: Hangeln auf- und abwärts im Beugehang. Reck: Schwingen im Unter- und Oberarmhang vorlings und rücklings; Hangwechsel aus dem Hand- zum Oberarmhang beim Rückschwung; Sitzwelle rückwärts; Armwippen im Stütz vorlings; Spreiz- und Kehraufsitzen; Unterschwung. (Reck schulterhoch.) Schaukelringe: Schaukeln mit Armwippen; Hangschaukelsprung vorwärts; Ueberdrehen aus dem Beugehang. Barren: Armwippen erst im Liegestütz, dann im freien Stütz; Aufstemmen wechsel- und gleicharmig aus dem Unterarmstütz; Wippschwingen am Ende des Vor- oder Rückschwunges; Rolle rückwärts zum Stand- oder Grätschsitz; Kreis einbeinig am Ende und in der Mitte des Barrens. Ziehen, Schieben, Heben und Tragen mit allmählicher Steigerung der Last. Ringvorübungen. Spiele.

7. Classe. (2 Stunden). Ordnungsübungen im Wechsel oder in Verbindung mit Hantel- und Eisenstabübungen (Reigenformen); Dauerlauf bis 14 Minuten. Freispringen: Hoch, weit als sogenannter Fenstersprung. Sturmsprünge mit $\frac{1}{4}$ und $\frac{1}{2}$ Drehungen. Bockspringen über eine vor- oder hintergestellte Schnur. Freisprung über den Bock. Pferd: Seitensprünge; Spreize; Grätsche; Wende und Kehre mit Drehungen; Geschwünge; Hintersprünge; Wende; Riesensprung (versuchsweise); Freisprung zum Reitsitz. Wagrechte Leiter: Schwingen mit Hangzucken von Ort. Senkrechte Leiter: Hangeln auf- und abwärts mit Uebergriff. Schräge Leiter: Aufstemmen wechselhandig aus dem Liegehang zum Liegestütz. Klettergerüst: Hangzucken. Reck. Armbeugen und -strecken im Stütz rücklings (versuchsweise Felge); Hangwechsel ein- und beidarmig aus Hand- zum Oberarmhang beim Rückschwung; Aufstemmen einarmig aus dem Handhange mit Zwiegriff; Unterschwung mit Ansprung aus dem Stütz (versuchsweise); Reckspringen: Wende; Flanke; Kehre; Hocke. Schaukelringe: Ueberdrehen aus dem Streckhang; Armseitstrecken ein- und wechselarmig erst im Knickliegestand, dann im Knickstütz; Schaukeln mit Abstoss im Knickstütz; Schaukeln im Beugehang und Armseitstrecken einarmig. Barren: Schwingen im Knickstütz; Stützarmwippen; Ueberschlag mit gebeugten Armen. Von der Seite des Barrens: Vorübungen und Wende über den Barren. Ziehen; Schieben; Heben; Tragen; Ringen. Turnspiele.

K. Stöhr.

b) Unobligate Lehrfächer.

Stenographie: 1. Abtheilung (3 Stunden). Wortbildungslehre, Vor- und Nachsilben, Siegel mit Ausschluss der Kammersiegel. — Wortkürzungslehre, Lese- und Schreibübungen bezüglich der Wortkürzung. Satzkürzungen.

2. Abtheilung (3 Stunden). Lese- und Schreibübungen bezüglich der Satzbildung; die Schreibübungen nach allmählich rascheren Dictaten.

M. Himmelbauer.

Gesang. 1. Abtheilung (2 Stunden). An den theoretischen Unterricht (Noten, Tacteintheilung, Intervalle, Scalen sämmtlicher Dur- und Molltonarten) schloßen sich praktische Uebungen in zwei- und dreistimmigem Gesange nach der „Singlehre" von Kloss an.

2. Abtheilung. a) Knabenstimmen (2 Stunden).
b) Männerstimmen (2 Stunden).

Nach vorausgegangener Wiederholung der Scalen wurden verschiedene drei- und vierstimmige Chöre geistlichen und weltlichen Inhaltes geübt. (Odenwald's dreistimmige Lieder für Knaben, Regensburger Liederkranz und Abt's Quartetten-Sammlung für Männerstimmen, Messen, Chöre aus den Oratorien „die Schöpfung" von Haydn und der „Messias" von Händel).

A. Weinwurm.

Praktische Arbeiten im chemischen Laboratorium (4 Stunden). Die Schüler beschäftigten sich mit qualitativer Analyse verschiedenartig zusammengesetzter Substanzen und mit Darstellung chemischer Präparate. Die besseren Schüler führten auch qualitative Bestimmungen aus, wobei vorzugsweise technische Producte berücksichtigt wurden, deren Werth durch die Untersuchung zu bestimmen war.

E. Schreinzer.

III. Lehrbücher.

Katholische Religionslehre:
1. Classe: Leinkauf, katholische Glaubens- und Sittenlehre.
2. Classe: Wappler, Cultus der katholischen Kirche.
3. Classe: Fischer, Geschichte der Offenbarung des alten Testamentes.
4. Classe: Fischer, Geschichte der Offenbarung des neuen Testamentes.

Deutsche Sprache:
1. und 2. Classe: Schiller, deutsche Grammatik für Mittelschulen.
3. und 4. Classe: Knappe, Grundzüge der deutschen Grammatik.
5., 6. und 7. Classe: Bauer, Grundzüge der neuhochdeutschen Grammatik.
1. bis 4. Classe: Neumanns Lesebücher 1. bis 4. Theil.
5. Classe: Vernaleken, Literaturbuch, 1. Band.
6. Classe: Egger, deutsches Lesebuch, II. Band, 1. Theil.
7. Classe: Egger, deutsches Lesebuch, II. Band, 2. Theil.

Französische Sprache:
1. und 2. Classe: Plötz, französische Elementargrammatik.
3. bis 6. Classe: Plötz, französische Schulgrammatik.
7. Classe: Plötz, *grammaire française*.
3. bis 7. Classe: Plötz, *lectures choisies*.

Englische Sprache:
5. und 6. Classe: Högel, Lehrbuch der englischen Sprache, 1. Band.
7. Classe: Högel, Lehrbuch der englischen Sprache, 2. Band.
5., 6. und 7. Classe: Heussi, englisches Lesebuch.

Geographie:
1. Classe: Herr, Lehrbuch der vergleichenden Erdbeschreibung, 1. Cursus.
2. und 3. Classe: Herr, Lehrbuch der vergleichenden Erdbeschreibung, 2. Cursus.
4. und 7. Classe: Klun, Leitfaden für den geographischen Unterricht.

Geschichte:
2., 3. und 4. Classe: Gindely, Lehrbuch der allgemeinen Geschichte für die unteren Classen, 1., 2. und 3. Band.
5., 6. und 7. Classe: Gindely, Lehrbuch der allgemeinen Geschichte für Realschulen, 1. und 2. Band.

Mathematik:
a) Arithmetik und Algebra:
1. und 2. Classe: Mocnik, Lehr und Uebungsbuch der Arithmetik.
3. Classe: Villicus, Lehr- und Uebungsbuch der Arithmetik für Unter-Realschulen, 3. Theil.
4. bis 7. Classe: Haberl, Lehrbuch der allgemeinen Arithmetik.
b) Geometrie:
1. bis 4. Classe: Streissler, geometrische Formenlehre, 1. und 2. Abtheilung.
5., 6. und 7. Classe: Mocnik, Lehrbuch der Geometrie für Obergymnasien.
Streissler, darstellende Geometrie.

Naturgeschichte:
1. Classe: Pokorny, Naturgeschichte des Thierreiches.
2. Classe: Pokorny, Naturgeschichte des Pflanzenreiches und des Mineralreiches.
5. Classe: Thomé, Lehrbuch der Zoologie.
6. Classe: Wretschko, Vorschule der Botanik.
7. Classe: Kenngott, Lehrbuch der Mineralogie.

Physik:
3. und 4. Classe: Krist, Anfangsgründe der Naturlehre.
6. und 7. Classe: Pisko, Physik für die oberen Classen.

Chemie:
4. Classe: Quadrat und Badal, Elemente der Chemie.
5., 6. und 7. Classe: Quadrat, Chemie, 1. und 2. Theil.

National-Oekonomie:
7. Classe: Grundriss der National-Oekonomie.

IV. Themen zu den deutschen Aufsätzen.

a) In der fünften Classe:

1. Aus der Ferienzeit.
2. „In den Ocean schifft mit tausend Masten der Jüngling,
   Still, auf gerettetem Boot, treibt in den Hafen der Greis." Schiller.
3. Odysseus bei den Phäaken.
4. Das Thierleben im Walde.
5. Der Winter und das menschliche Alter.
6. Prometheus.
7. Lessings „Minna von Barnhelm" in zusammenhängender Darstellung.
8. „Tellheim." Characterschilderung.
9. Chria über den Spruch: Die Elemente hassen das Gebild der Menschenhand.
10. Ursachen und Folgen der Perserkriege.
11. Geringes ist die Wiege des Grossen.
12. Gedankengang von Schillers „Maria Stuart."
13. „Theuer ist mir der Freund, doch auch den Feind kann ich nützen;
    Zeigt mir der Freund, was ich kann, lehrt mich der Feind, was ich soll." Schiller.
14. Um welche Personen gruppiren sich die Hauptbegebenheiten des peloponnesischen Krieges und welche Folgen hatten eben diese Hauptbegebenheiten für Griechenland?
15. Das Wiedererwachen der Natur im Frühling.
16. Wodurch unterscheidet sich die antike Tragödie von der modernen?
17. Die Macht des Gesanges.
18. Weisheit ist wertvoller als Reichtum.

b) In der sechsten Classe:
1. Ein Stieg auf den St. Gotthard. (Nach Schillers „Berglied.")
2. Der Ackerbau, die Grundlage aller Cultur.
3. Hermann's Elternhaus. (Nach Goethe's „Hermann und Dorothea.")
4. Darstellung eines mythischen Elementes im Nibelungenlied.
5. Bedeutung der Ströme für die Cultur.
6. Der Jugend gehört die Zukunft, dem Manne die Gegenwart, dem Greise die Vergangenheit.
7. Characterschilderung aus Goethe's „Hermann und Dorothea."
8. Bedeutung des Spruches: Mit vereinten Kräften.
9. Es bildet — Nur das Leben den Mann, und wenig bedeuten die Worte. (Goethe's erste Epistel.)
10. „Der Oesterreicher hat ein Vaterland,
    Und liebt's und hat auch Ursach es zu lieben." Schiller.
11. Höfisches und volkstümliches Epos.
12. „Ein and'res Antlitz, eh' sie gescheh'n,
    Ein anderes zeigt die vollbrachte That." Schiller.
13. Bedeutung der Donau in culturhistorischer Beziehung, besonders mit Rücksicht auf Oesterreich.
14. Ueber die Zunge des Menschen, mit Bezug auf Freidank.
15. Minnegesang und Meistergesang.
16. Welche Ereignisse führen den Fall des poetischen Wallenstein herbei?
17. Die beiden Piccolomini. (Nach Schiller's „Wallenstein.")
18. Maximilian I. als Grenzstein zweier Zeitalter.

c) In der siebenten Classe:
1. Goethe's Ausspruch: „Armut ist die grösste Plage,
            Reichtum ist das höchste Gut."
   ist zu berichtigen.
2. Erörterung jener Verhältnisse, welche das Anwachsen größerer Städte bewirken.
3. „Vergraben ist in ewige Nacht
   Der Erfinder großer Name zu oft.
   Was ihr Geist grübelnd entdeckt, nutzen wir;
   Aber belohnt Ehre sie auch?" Klopstock.
4. Völkerwanderung und Kreuzzüge; eine Parallele.
5. Die Natur ist Gottes Buch.
6. „Ans Vaterland, ans theure, schließ' dich an,
   Das halte fest mit deinem ganzen Herzen." Schiller.
7. Gegensatz zwischen Klopstock und Wieland.
8. Der Mensch im Kampfe mit der Natur.
9. Unterschied der Behandlung der tantalischen Sage in der Iphigenie von Göthe und Euripides.
10. Gliederung der Rede des M. Antonius in Shakespeare's Julius Caesar.
11. Lessings Verdienst um die Entwicklung eines nationalen Dramas.
12. Die Geschichte ein Gedenkbuch menschlicher Größe und Leidenschaften.

13. „Lästert nicht die Zeit, die reine! Schmäht ihr sie,•so schmäht ihr euch! Denn es ist die Zeit dem weißen unbeschriebenen Blatte gleich; Das Papier ist ohne Makel, doch die Schrift darauf seid ihr! Wenn die Schrift just nicht erbaulich, nun was kann das Blatt dafür?" Anastasius Grün.
14. Tell und Parricida.
15. In wiefern ist Herder ein nachahmungswürdiges Musterbild eines Mannes, namentlich für die Jugend?
16. Was verdankt die Menschheit der christlichen Kirche, insbesondere den Klöstern des Mittelalters?
17. Caesar und Napoleon.

V. Vermehrung der Lehrmittel-Sammlungen.

1. Bibliothek.

a) Durch Ankauf:

Umlauft, die österreichisch-ungarische Monarchie. — Krones, Geschichte Oesterreichs. Gesenius, Lehrbuch der englischen Sprache. — Denervand, Englische Chrestomatie. — The works of Th. Moore. — Charles Dickens, A christmas carol (3 Expl.). — Macaulay, Biographical essays. (3 Expl.) — Oliver Goldsmith, Th select works. (3 Expl.) — R. Broughton, Tales for christmas eve. — Dante Gabriel Rosetti, Poems. — Bulwer, The last days of Pompeji. Ernst Maltravers. My novel. 4 Bde. Alice. — Walter Scott, Ivanhoe. Wawerley. The antiquary. The poetical works. (2 Bde.) — Carlisle, The life of Friedrich Schiller. — Aus M. H. Gautier's Bibliothèque nationale die Werke von Voltaire, Rousseau, Rabelais, Diderot, Montesquieu, Racine, Corneille, Molière, Le Sage, Beaumarchais, St. Pierre, Fénelon, Mme. Roland, Mme. de Sévigne, X. de Maistre, Jeudy-Dugourd, Condorcet, Pascal, Bossuet, Hamilton. — Helfert, die Wiener Journalistik. — Rolfus, Verzeichnis der Jugendschriften. — Wegner, Hellas. — Leitfaden der Kunstgeschichte. — Teuffenbach, Vaterländisches Ehrenbuch (2 Expl.). — Proschko's Jugendschriften, 1—5. — Hoffmann's Jugendbibliothek, Nr. 161—165. — Grimm, Deutsche Sagen und Märchen. — Gerstäcker, Der kleine Wallfischfänger. — Schupp, Am Zambesi. Der Hexenmüller in der Wisper. Der blinde Zeuge. — Oertl: Kaiser Otto der Grosse. Kaiser Heinrich I. — Aus Reclams Universalbibliothek die Werke von Schiller, Göthe, Lessing, Hauff, Jean Paul, Andersen, Sophokles, Euripides, Immermann, Kleist, Körner, Byron, Longfellow, Manzoni, Herder, Schulze, Riehl, Silberstein, Collin, Musäus, Landsteiner, Swist, Goldsmith, St. Pierre, Tegner, Tennyson, Hartmann v. d. Au, Stricker, Rosengarten, ferner Beowulf, Edda, Gudrun, Nibelungenlied. — Hölder's Historische Bibliothek für die Jugend, 1.—5. Bändchen. — Guppenberger, Gunther und Irmgart.

Zeitschriften und Fortsetzungen: Dingler's Polytechnisches Journal. — Petermann's Geographische Mittheilungen sammt Ergänzungsheften. — Mittheilungen der geographischen Gesellschaft in Wien. — Schlömilch,

Zeitschrift für Mathematik und Physik. — Hofmann, Zeitschrift für Mathematik und Naturwissenschaften. — Herrig, Archiv für neuere Sprachen. — Fresenius, Zeitschrift für analytische Chemie. — Kloss, Jahrbücher für Turnkunst. — Bartsch, Germania. — Siebel, Historische Zeitschrift. — Riehl, Historisches Taschenbuch. — Schmid, Encyclopädie des Erziehungs- und Unterrichtswesens. — Kolbe, Zeitschrift für das Realschulwesen. — Strack, Central-Organ für die Interessen des Realschulwesens. — Grimm, Deutsches Wörterbuch. — Gödecke und Dittmann, Deutsche Dichter des 16. Jahrhunderts. — Zeitschrift des österr. Ingenieur-Vereines, Jahrg. 1870, Heft I, Jahrg. 1873, Heft VI, VII, XIII (als Ergänzung).

b) Durch Schenkung:

Vom hohen k. k. Unterrichtsministerium:
Movimento commerciale di Trieste nel 1875 & 1876. — Movimento della navigazione in Trieste nel 1876. — Navigazione Austro-Hungarica all' Estero nel 1875. — Navigazione e commercio in porti Austriaci nel 1875. — Berichte der Handelskammern (Wien 1872—1874 und 1875, Lemberg 1866—1870, Pilsen 1870—1875, Brody 1871—1876). — Jahresbericht des k. k. Ministeriums für Cultus und Unterricht für 1876.

Vom hochl. k. k. o. ö. Landesschulrathe:
Denkschrift des deutsch-politischen Vereines in Böhmen. — Botanische Zeitschrift. — Verordnungsblatt für Oberösterreich.

Vom h. o. ö. Landes-Ausschusse:
Stenographische Berichte über die Landtags-Verhandlungen pro 1877.

Vom löbl. k. k. 14. Linien-Infanterie-Regiments-Commando:
Geschichte dieses Regimentes seit der Errichtung (1733).

Von der löblichen Handels- und Gewerbekammer in Linz:
Statistischer Bericht über die Jahre 1870—1875.

Von der löbl. Sparkasse in Linz:
Rechnungsabschlüsse vom Jahre 1876.

Von Herrn Karl Wessely, Inspektor und Verkehrschef der Kaiserin Elisabeth-Bahn:
Zeitschrift des österr. Ingenieur-Vereines, Jahrgang 1871, 1872, 1874, 1875, 1876 compl. Jahrg., 1870, Heft II—XII, Jahrg. 1873, Heft I—V, VIII—XII, XIV—XVIII. — Winkler, praktische Geometrie, 2 Bde. — Teirich, Algebra. — Beskiba, Algebra und Geometrie. — Schulz, Geometrie. — Mocnik, Arithmetik und Algebra. — Stampfer, Anleitung zum Nivelliren. — Heider, Anleitung zum Traciren. — Eicchioni, Baurechnungstafeln. — Bergmann, Tafeln für Forstingenieure. — Sandmayer, Landwirthschaftslehre. — Schwartz, Forstwissenschaft. — Curtmann & Walter, Thierreich.

Von Herrn Theimer, k. k. Bez.-Schulinsp. in Feldkirch:
Sander, das Leben Felders, 2. Aufl.

Von Herrn V. Kohlparzer, k. k. Landesgerichts-Beamten:
James, The smuggler.

Vom Verfasser:
Dr. Fr. Petri, Leitfaden für den chemischen Unterricht.
Von der Verlagshandlung A. Hölder in Wien:
Seeliger, englisches Lesebuch. — Woldrich, Zoologie, 2. Aufl. — Egger, Deutsches Lesebuch für die erste Classe. — Filek, Elementarbuch der französischen Sprache. — Dr. Handl, Physik.
Von der Verlagshandlung Bischkopf in Wiesbaden:
Magnin & Dillmann, Praktischer Lehrgang zur Erlernung der französischen Sprache.
Von der Verlagshandlung Gräser in Wien:
Jauker & Noe, Deutsches Lesebuch. — Dr. J. Loserth, Grundriss der allg. Weltgeschichte.
Von der Verlagshandlung E. Hölzel in Wien:
Kozenn-Jarz, Geographie für Mittel- und Bürgerschulen. 1. Theil.
Von der Verlagshandlung Winiker in Brünn:
Pisko, Physik für die oberen Classen der Gymnasien und Realschulen.
Von der Verlagshandlung Herbig in Berlin:
Plötz, Kurze systematische Grammatik der französischen Sprache.
Von der Verlagshandlung Fr. Karafiat in Brünn:
Kreussel, Lehrbuch der darstellenden Geometrie.
Vom löbl. Vereine für Naturkunde in Linz:
Achter Jahresbericht.

Verzeichnis
jener Lehranstalten, welche die von ihnen im Jahre 1876 veröffentlichten Jahresberichte der hiesigen Realschule zugeschickt haben.

Abkürzungen: t. H. S. - technische Hochschule. — G. = Gymnasium. — O. G. = Obergymnasium. U. G. = Untergymnasium. — R. G. = Realgymnasium. — R. O. G. = Real- und Obergymnasium. — R. S. = Realschule. — O. R. = Oberrealschule. — U. R. = Unterrealschule. — I. S. = Industrie-Schule. — K. G. S. = Kreis-Gewerbeschule. — G. S. = Gewerbeschule. — H. M. S. = Handels-Mittelschule. — L. B. A. = Lehrer-Bildungsanstalt. — Ln. B. A. = Lehrerinnen-Bildungsanstalt. — L. = Landes. — C. = Communal. — kath. = katholisch — gr. or. = griechisch-orientalisch. — ev. = evangelisch. — d. = deutsch — sl. = slavisch.

Amberg, k. G. S. — **Aschaffenburg**, k. G. S. — **Augsburg**, k. I. S., k. K. G. S., k. R. G. — **Baden**, L. R. G. — **Bamberg**, k. G. S. — **Bayreuth**, k. K. G. S. — **Bielitz**, k. k. O. G., ev. O. R. — **Bistritz**, ev. O. G., G. S. — **Botzen**, k. k. O. G., k. k. U. R. — **Braunau** (in Böhmen), O. G. — **Bregenz**, k. k. L. B. A. — **Brixen**, k. k. O. G. — **Brod** (Deutsch-), k. k. G. — **Brunecк**, k. k. U. R. — **Brünn**, k. k. t. H. S., k. k. d. O. G., k. k. sl. O. G., k. k. R. O. G., k. k. O. R., H. M. S. — **Brüx**, C. R. O. G. — **Brzezany**, k. k. O. G. — **Budapest**, k. R. S. — **Budweis**, k. k. d. O. G., k. k. sl. O. G., k. k. d. O. R. — **Bunzlau** (Jung-), O. G. — **Capo d'Istria**, k. k. O. G. — **Chrudim**, k. k. R. O. G. — **Cilli**, k. k. O. G. — **Czernowitz**, k. k. O. G., gr. or. O. R. — **Drohobycz**, k. k. R. G. — **Dinkelsbühl**, k. G. S. — **Eger**, k. k. O. G. — **Elbogen**, C. R. G. — — **Esseg**, O. R. — **Feldkirch**, k. k. R. O. G. — **Freising**, k. G. S. — **Freistadt** in O. Oe., k. k. R. O. G. — **Genf**, Institution Thudichum. — **Görz**, k. k. O. G., k. k. O. R. — **Graz**, k. k. t. H. S.; k. k. I. O. G., k. k. II. O. G. k. k. O. R., L. O. R., k. k. L. B. A., Mädchen-Lyceum. — **Hall**, k. k. O. G. — **Hannover**, k. polytechnische Schule. — **Hermannstadt**, k. O. G., ev. (A. B.) G. — **Horn**, L. R. O. G. — **Hradisch** (Ung.), k. k. R. O. G. — **Iglau**, k. k. O. G. — **Imst**, k. k. U. R. — **Ingolstadt**, k. G. S. — **Innsbruck**, k. k. O. G., k. k. O. R., k k Ln. B. A. — **Jaroslau**, k. k. O. R. — **Jaslo**, k. k. O. G. — **Kaiserslautern**, k. I. S., k. K. G. S. — **Karlowitz**, k. O. G. — **Kaufbeuren**, k. G. S., **Kempten**, k. G. S. — **Kitzingen** a. M., k. G. S — **Klagenfurt**, k. k. O. G., k. k. O. R. — **Komotau**, C. R.

O. G. — Königgrätz, k. k. O. G. — Krakau, k. k. G. zu St. Anna, k. k. G. zu St. Hyacinth, k. k. O. R. — Krems, k. k. O. G., L. O. R. — Kremsier, k. k. O. G., L. O. R. — Kremsmünster, k. k. O. G. — Krumau, k. k. R. G. — Kuttenberg, k. k. O. R. — Laibach, k. k. O. G., k. k. O. R. — Landau i. Pf., k. G. S. — Landskron, k. k. O. G. — Leitmeritz, C. O. R., k. k. L. B. A. — Leipa (Böhmisch), C. O. R. — Leitomischl, k. k. O. G. — Lemberg, k. k. I. O. G., k. k. II. O. G., k. k. O. R., L. O. R. u. R. G. — Leoben, k. k. Berg-Academie. — Linz, k. k. O. G., Volksschulen, bischöfl. Knaben-Seminar (Freinberg) — Marburg, k. k. O. G, k. k. O. R. — Mediasch, ev. (A. C.) G. — Melk, k. k. O. G. — Memmingen, k. G. S. — Meran, k. k. O. G. — Meseritsch (Wallachisch), k. k. U. G. — Mies, k. k. R. O. G. — Mittweida, Technicum. — Mühlbach, ev. U. G. — München, k. I. S., k. K. G. S., k. R. G. — Neuburg a. d. Donau, k. G. S. — Nikolsburg, k. k. R. O. G. — Nürnberg, k. K. G. S., k. R. G. — Oberhollabrunn, k. k. R. O. G. — Olmütz, k. k. d. O. G., k. k. O. R. — Passau, k. K. G. S. — Pettau, L. R. G. — Pilgram, C. R. G. — Pilsen, k. k O. G., C. R. G., k. k. O. R. — Pirano, k. k. O. R. — Pisek, k. k. G. — St. Pölten, L. O. R. u. R. G., Landes-Lehrerseminar. — Prachatitz, k. k. R. G. — Prag, k. k. d. O. G. der Kleinseite, Neustädter, k. k. sl. akad. G., k. k. d. R. G., k. k. sl. R. G., sl. C. R. G., k. k. I. d. O. R., k. k. II. O. R. — Pressburg, k. kath. O. G. — Prossnitz, d. L. O. R., sl. O. R. — Radautz, k. k. G. — Ragusa, k. k. O. G. — Rukovac, k. k. O. R. — Rakovnik, k. k. O. R. — Regen (Sächsisch), ev. (A. C.) R. G. — Regensburg, k R. G., k. K G. S. — Reichenberg, k. k. R O. G. — Ried, k. k. R. O. G. — Rothenburg o. T., k. G. S. — Rothholz, f. bischöfl. Knaben-Seminar. — Roveredo, k. k. O. G., k. k. O. R., k. k. L. B. A. — Saaz, k. k. O. G. — Salzburg, k. k. O. G., k. k. O. R. — Sambor, k. k. O. G. — Sandec (Neu-), k. k. O. G. — Sebässburg, ev. G. — Schweinfurt, k. G. S. — Seitenstetten, k. k. O. G. — Smichow, k. k. R. G. — Spalato, k. k. O. R. — Speyer, k. R. G., k. G. S. — Stanislau, k. k. G. — Steyr, k. k. O. R. — Stockerau, L. R. G. — Straznitz, k. k. U. G. — Tabor, k. k. R. O. G. — Tarnopol, k. k. O. G., k. k. U. R. — Teschen, k. k. O. G., k. k. O. R. — Traunstein, k. G. S. — Trautenau, k. k. d. O. R. — Triest, Academie für Handel und Nautik, k. k. G., k. k. O. R. — Troppau, k. k. O. G., k. k. O. R. — Villach, k. k. R. O. G. — Wadowie, k. k. R. O. G. — Waidhofen a. d. Thaja, L. R. G. — Waidhofen a. d. Ybbs, L. U. R. — Weiden, k. G. S. — Weidenau, k. k. R. O. G. — Wels, Bürgerschule. — Wien, k. k. t. II. S., k. k. academisches G., O. G. zu den Schotten, k. k. Josefstädter O. G., k. k. Theresianum, k. k. O. G. in der inneren Stadt, k. k. R. O. G. der Landstrasse, k. k. R. O. G. am Alsergrund, C. R. O. G. in der Leopoldstadt, C. R. O. G. zu Mariahilf, k. k. R. G. in Hernals, k. k. O. R. und k. k. U. R. in der Leopoldstadt, k. k. O. R. auf dem Schottenfelde, k. k. U. R. in Margarethen, k. k. R. S. in Sechshaus, C. R. S. in Gumpendorf, C. R. S. in der Rossau, öffentl. O. R. (Döll), k. k. L. B. A., k. k. Bau- und Maschinen- G. S., Institut Patzelt. — Wiener-Neustadt, k. k. O. G., L. O. R.; L. Proseminar. — Wunsiedel, k. G. S. — Würzburg, k. R. G., k. K. G. S. — Zeugg, k. O. G. — Znaim, k. k. O. G., L. O. R. — Zweibrücken, k. G. S.

2. Lehrmittel für Geographie.

Durch Ankauf:

Scheda's Karte von Mitteleuropa zwei Blätter.

Durch Schenkung:

Von der k. k. Schulbücher-Verlagsdirektion in Wien:
Hypsometrische Uebersichtskarte der österr.-ung. Monarchie von Streffleur-Steinhauser-Hauslab.

Von der Kunstanstalt des Herrn Hölzl in Wien:
Kozenn's Schulatlas.

3. Lehrmittel für Freihandzeichnen.

Durch Ankauf:

Wulf, Architektonische Harmonielehre. — Oskar Hölder, Vorlegeblätter für technisches Freihandzeichnen I. Abthlg. — Stork, Kunstgewerbliche Vorlegeblätter Lfg. 8—10. — 31 ornamentale Gypsmodelle aus dem k. k. Museum für Kunst und Industrie.

4. Lehrmittel für geometrisches Zeichnen.

Angekauft wurden:

Woinor's Vorlageblätter für den Anfangs-Unterricht im Maschinenzeichnen. 5. und 6. Lfg. — Andel's das geometrische Ornament; ein Lehrmittel für elementaren Zeichenunterricht.

5. Physikalisches Cabinet.

Angekauft wurden folgende Apparate:

Reversionspendel. — Heronsball sammt Compressionspumpe. — Spiegelsextant. — Gasofen. — Wellenmaschine nach Mach. — Siedepunkt-Apparat. — Dasymeter. — Heronsbrunnen. — Jolly's Foderwage. — 2 Recipienten für die Luftpumpe. — Zauberkanne. — Zaubertrichter. — Sieb der Vestalin. Mehrere bestellte Apparate sind noch nicht eingelangt.

6. Naturhistorisches Cabinet.

a) Durch Ankauf:

Hauer's geologische Karte der österr.-ung. Monarchie. — Härteskala nach Mohs. — 3 dichroitische Mineralien. — 18 Imitationen von Edelsteinen in ihren natürlichen Krystallformen. — 1 Dutzend Deckgläser für das Mikroscop. — Eine Zwergohreule *(Scops zorca)*. — Scelette eines Affen, einer Fledermaus, eines Maulwurfs, einer Katze, eines Hasen, einer Schildkröte, einer Eidechse und eines Frosches.

Mehrere Präparate von Seethieren sind bestellt und deren Einlangen in Aussicht.

b) Durch Schenkung erhielt die Lehranstalt:

Vom Herrn k. k. Major A. Markl: 3 Pflanzenpetrefakten *(Equisetites columnaris, Alethopteris Meriani, Pterophyllum longifolium)* aus dem Kohlenbergwerke in der Sois bei Kirchberg in Niederösterreich. — Vom Herrn k. k. Baurath Knörlein: einen krainischen Alpenfrosch, ein Heimchen *(Gryllus domesticus)* und viele Exemplare des Gletscherflohes *(Desoria glacialis)*; — vom Herrn Med.-Dr. Leopold Winternitz: ein Exemplar des langgliederigen Bandwurmes *(Taenia solium)*; — vom Septimaner Moriz von Galois eine Thurmschwalbe *(Cypselus apus)*; — von den Sextanern Franz Schweiger einen Eisvogel *(Alcedo ispida)*; Rudolf Neubauer einen Pirol *(Oriolus galbula)* und einen Huchenkopf; — von den Quintanern Salomon Feitler ein Rothkehlchen *(Lusciola rubecula)*, Wilhelm Fischer mehrere einheimische Nattern, Rudolf König eine grüne Eidechse *(Lacerta viridis)* und einen

Ammoniten; Wilhelm Zemsch einen Kalkstein mit Fucoiden; — von den Sekundanern Josef Kraus eine Steinkohle mit traubigem Pyrit; Anton Mader eine Suite mineralischer Erden und ein Stück Palmenwachs; Franz Schodterer eine Feldspatdruse; — von den Primanern Max Braun ein Eichhörnchen *(Sciurus vulgaris)* und einen Sperber *(Astur nisus)*; Anton Fleischhackel zwei verkieselte Hölzer; Ludwig Schweiger zwei Hirschgeweihe und Nestbestandtheile eines Eisvogels.

7. Lehrmittel für das Turnen.

Durch Ankauf:

Ein Schwungseil, zwei Schwebebäume sammt vier Untersätzen, eine Schiebstange, ein Ziehgurt.

* * *

Den Spendern der hier angeführten Geschenke spricht die Direktion den wärmsten Dank aus.

VI. Zur Geschichte der Lehranstalt.

Mit h. Min.-Erl. vom 11. Juli 1876, Z. 10589, (Erl. des hochl. k. k. L.-Sch.-R. vom 28. Juli 1876, Z. 2363) wurden die Herren Dr. Jonas Groag, Supplent an der k. k. Oberrealschule im III. Bezirke von Wien, und Josef König, Supplent an der hiesigen Lehranstalt, zu wirklichen Lehrern an der Linzer Realschule ernannt. Mit demselben Erlasse wurde auch der bisherige Supplent für französische und englische Sprache Herr Wilhelm Gugel seiner Dienstleistung an dieser Lehranstalt enthoben.

Durch Erl. des hochl. k. k. Landes-Schulrathes vom 7. September 1876, Z. 2722 und 2871, wurden die Herren Eduard Plöckinger, Supplent, und Franz Held, Probecandidat, als Supplenten für das Schuljahr 1876/77 angestellt. In Folge dieses Erlasses wurden die Herren Supplenten Johann Kuy und Wilhelm Schmid entbehrlich und giengen an das k. k. Realobergymnasium in Oberhollabrunn ab.

Am 14. und 15. September wurden die Wiederholungs- und Aufnahmsprüfungen abgehalten.

Am 16. September wurde das neue Schuljahr in gewohnter feierlicher Weise mit einem solennen Gottesdienste eröffnet, welchen der hochw. Herr Domcapitular und bischöfliche Religionscommissär Friedrich Baumgarten unter Assistenz der ehrw. P. P. Kapuziner zu celebriren die Güte hatte.

Am 19., 20., 21., 22. und 23. September wurden die nachträglichen schriftlichen und am 26. unter dem Vorsitze des Herrn k. k. Landes-Schulinspectors Vinzenz Adam die mündlichen Maturitätsprüfungen abgehalten.

Der 4. Oktober und 19. November als die allerhöchsten Namensfeste Ihrer k. k. Majestäten wurden von dem Lehrkörper und der studierenden Jugend durch Feier eines Gottesdienstes festlich begangen.

Durch Erl. des hochl. k. k. Landes-Schulrathes vom 3. November 1876, Z. 3577, wurde dem Herrn Professor Anton Stranik und durch h. Min.-Erl. vom 2. Dezember 1876, Z. 18871, (L.-Sch.-R. vom 21. Dezember 1876, Z. 4387) dem Herrn Professor Johann Apprent die fünfte Quinquennalzulage zuerkannt.

Der 2. Dezember war für die Lehranstalt ein besonderer Festtag, da an diesem Tage die Erinnerung an die vor 25 Jahren stattgehabte Eröffnung derselben gefeiert wurde. Vormittags fand eine kirchliche Feier statt, welche sich durch die vom hochw. Herrn Canonicus Friedrich Baumgarton gehaltene gediegene Festpredigt und durch das von demselben unter zahlreicher Assistenz der ehrw. P. P. Kapuziner celebrirte Hochamt besonders feierlich gestaltete. Abends versammelten sich die gegenwärtigen und viele der ehemaligen Lehrer der Anstalt zu einem fröhlichen Male im Gasthause zum goldenen Löwen. Da auch mehrere hervorragende Vertreter der verschiedenen Branchen, die mit der Lehranstalt in Beziehung stehen, die Versammlung mit ihrer Gegenwart beehrten, so war die Stimmung eine wahrhaft festlich gehobene. Dem Danke gegen den Gründer der Lehranstalt, unseren erhabenen Herrscher, wurde durch begeisterte Hochrufe durch Segenswünsche für Ihn und das durchlauchtigste Kaiserhaus lauter Ausdruck verliehen. Ebenso wurde der hiesigen Stadtgemeinde, wie auch allen anderen Corporationen und Persönlichkeiten, welche zum Gedeihen der Anstalt beitrugen, aus warm fühlendem Herzen Dank gezollt. Auch in weiteren Kreisen fand diese Festesfreude lauten Widerhall und es langten an diesem Tage von verschiedenen Seiten telegraphische Glückwünsche ein. Um zugleich ein bleibendes Denkmal zur Erinnerung an diesen Jubeltag zu gründen, bildete sich aus dem Kreise der ehemaligen Schüler dieser Lehranstalt ein Comité, bestehend aus den Herren Gustav Zehenter, Josef Schachermayer, Josef Ganhör, Franz Dimmel, Leopoldsberger und Josef Schick, welche es sich zur Aufgabe stellten, durch Sammlungen einen Fond für ein Stipendium zur Unterstützung dürftiger Realschüler zu gründen. Ihr Bemühen war auch von dem besten Erfolge begleitet. Reichlich flossen die milden Spenden ein, so dass bald zur Aktivirung der wohlthätigen Stiftung wird geschritten werden können. — Allen edlen Spendern und Förderern dieses wohlthätigen Werkes wird hier der wärmste Dank ausgesprochen.

In den Tagen vom 23. bis 30. Jänner 1877 wurde die Lehranstalt durch den Herrn k. k. Landes-Schulinspector Vinzenz Adam einer eingehenden Inspection unterzogen.

Am 10. Februar fand der Schluß des ersten Semesters und am 14. Februar der Anfang des zweiten statt.

Am 14. Februar starb in seinem Heimatsorte, Inkenham, der Schüler der vierten Classe Franz Roithner. An ihm verlor die Lehranstalt einen ihrer musterhaftesten, strebsamsten Schüler, mit ihm sanken die schönsten Hoffnungen seiner Eltern frühzeitig ins Grab. Die Schüler seiner Classe geleiteten unter Führung des Direktors und des Classenlehrers die Leiche des Verblichenen zu ihrer letzten Ruhestätte.

Zufolge dem Erlasse des hochl. k. k. Landes-Schulrathes vom 6. März 1877, Z. 730, wurde Herr Professor Heinrich Hackel neuerdings für die dreijährige Functionsperiode zum Bezirks-Schulinspektor ernannt und für diese Zeit von der Dienstleistung an der Realschule enthoben. Zugleich wurde Herr Professor Johann Apprent unter gleichzeitiger Beförderung in die achte Rangklasse der Lehranstalt zur Dienstleistung zugewiesen. Derselbe erhielt jedoch über sein Ansuchen durch h. Min.-Erl. vom 13. April 1877, Z. 5500 (L.-Sch.-R. vom 24. April 1877, Z. 1267) zur Herstellung seiner angegriffenen Gesundheit einen Urlaub bis zum Schluß des Schuljahres.

Durch Erl. des hochl. k. k. Landes-Schulrathes vom 21. April 1877, Z. 765, wurde dem Herrn Professor Ludwig Lämermayr die erste Quinquennalzulage zuerkannt.

Am 7., 8., 9., 11., 12. und 13. Juni wurden die schriftlichen, am 11. und 12. Juli die mündlichen Maturitätsprüfungen abgehalten.

In der Zeit vom 20. bis 26. Juni fanden die schriftlichen und vom 28. Juni bis 7. Juli die mündlichen Versetzungsprüfungen statt.

Am 14. September, einem Samstage, wurde das Schuljahr mit einem feierlichen Gottesdienste und der Vertheilung der Zeugnisse geschlossen.

VII. Wichtige Erlässe der hohen Behörden.

1. Erlass des hochlöbl. k. k. Landes-Schulrathes vom 27. August 1876, Z. 823, womit die Lehrpläne für das Turnen an den Mittelschulen Oberösterreichs festgesetzt werden. (Den ausführlichen Lehrplan enthalten diese Schulnachrichten unter II.)

2. Min.-Erl. vom 9. Februar 1877, Z. 1456 (L.-Sch.-R. vom 25. Februar 1877, Z. 553), womit Weisungen über die schriftlichen Maturitätsprüfungen aus den fremden Sprachen ertheilt werden. Hiernach haben die Abiturienten im Jahre 1876/7 und zu Anfange des zweiten Semesters des Jahres 1877/8 auch eine Uebersetzung in das Französische zu verfertigen. Bei dieser Arbeit, deren Schwierigkeit auf jene einer Schulcomposition zu beschränken ist, soll der Gebrauch von Wörterbüchern nicht gestattet sein; dagegen sind jene Vocabeln, deren Kenntnis bei den Schülern nicht vorausgesetzt werden kann, denselben anzugeben.

3. Min.-Erl. vom 24. Mai 1877, Z. 3454 (L.-Sch.-R. vom 5. April 1877, Z. 1072), womit die Ertheilung von halben Befreiungen vom Unterrichtsgelde für die Schuljahre 1877/8 und 1878/9 bewilligt wird.

VIII. Statistische Notizen.

a. Schülerzahl und deren Veränderungen.

Classe	Aus der vorhergehenden Classe aufgestiegen	Haben die Classe wiederholt	I. Semester Von auswärts hinzugekommen	Somit zu Anfange des Semesters	Während des Semesters eingetreten	Während des Semesters ausgetreten	Blieben am Ende des Semesters	II. Semester Eingetreten	Ausgetreten	Verblieben am Schlusse
I. A.	—	1	33	34	2	1	35	2	1	36
I. B.	—	2	32	34	1	—	35	—	2	33
II. A.	30	1	2	33	—	3	30	1	2	29
II. B.	33	—	—	33	2	1	34	—	3	31
III.	44	2	—	46	—	2	44	1	—	45
IV.	44	2	1	47	—	1	46	—	3	43
V.	27	—	—	27	1	2	26	—	2	24
VI.	27	1	—	28	—	—	28	—	1	27
VII.	14	—	—	14	1	1	14	—	—	14
Zusammen	219	9	68	296	7	11	292	4	14	282

Gastschüler im 1. Semester 2, im 2. Semester 1.

b. Schülerzahl nach dem Wohnorte der Eltern.

Ort od. Land	I. A.	I. B.	II. A.	II. B.	III.	IV.	V.	VI.	VII.	Zusammen
Linz	15	11	4	16	26	21	17	13	8	131
Urfahr	2	3	2	3	1	4	2	2	1	20
Im übr.O.-Oesterr.	12	16	13	7	17	15	3	11	4	98
Niederösterreich	3	2	5	1	—	—	1	—	—	12
Salzburg	1	—	—	—	—	—	—	—	—	1
Steiermark	—	—	—	—	—	—	—	1	—	1
Tirol	—	—	—	—	1	—	—	—	—	1
Böhmen	2	—	2	3	—	2	1	—	—	10
Mähren	—	—	—	—	1	—	—	—	1	2
Galizien	—	—	1	—	—	—	—	—	—	1
Ungarn	—	—	1	1	—	—	—	—	—	2
Kroatien	—	—	—	—	—	—	—	—	1	1
Baiern	—	1	—	—	—	—	—	—	—	1
Frankreich	1	—	—	—	—	—	—	—	—	1
Zusammen	36	33	29	31	45	43	24	27	14	282

c. Schülerzahl nach dem Religionsbekenntnisse.

Religions-bekenntnis	I. A.	I. B.	II. A.	II. B.	III.	IV.	V.	VI.	VII.	Zu-sammen
					Classe					
Römisch-kathol. .	34	32	24	26	40	42	20	26	12	256
Evangelisch A. C.	1	—	2	2	1	1	1	—	1	9
Israelitisch . .	1	1	3	3	4	—	3	1	1	17
Zusammen .	36	33	29	31	45	43	24	27	14	282

d. Schülerzahl nach der Muttersprache.

Muttersprache	I. A.	I. B.	II. A.	II. B.	III.	IV.	V.	VI.	VII.	Zu-sammen
					Classe					
deutsch . . .	32	33	29	30	44	43	23	27	14	275
czecho-slavisch .	2	—	—	—	—	—	1	—	—	3
polnisch . . .	1	—	—	1	—	—	—	—	—	2
magyarisch . .	—	—	—	—	1	—	—	—	—	1
französisch . .	1	—	—	—	—	—	—	—	—	1
Zusammen .	36	33	29	31	45	43	24	27	14	282

e. Schülerzahl nach dem Lebensalter am Schlusse des Schuljahres.

Alter	I. A.	I. B.	II. A.	II. B.	III.	IV.	V.	VI.	VII.	Zu-sammen
					Classe					
11 Jahre . . .	3	4	—	—	—	—	—	—	—	7
12 „ . . .	11	13	4	7	2	—	—	—	—	37
13 „ . . .	10	8	10	10	11	2	—	—	—	51
14 „ . . .	8	8	10	10	14	11	1	—	—	62
15 „ . . .	3	—	2	4	11	12	4	—	—	36
16 „ . . .	1	—	3	—	7	11	6	6	—	34
17 „ . . .	—	—	—	—	—	6	4	10	4	24
18 „ . . .	—	—	—	—	—	1	7	8	5	21
19 „ . . .	—	—	—	—	—	—	2	2	3	7
20 „ . . .	—	—	—	—	—	—	—	1	2	3
Zusammen .	36	33	29	31	45	43	24	27	14	282

— 65 —

f. Schülerzahl nach dem Fortgange.

Von jenen 25 Schülern, welche am Schlusse des Schuljahres 1875/6 die Erlaubnis zur Wiederholungs-Prüfung erhielten, haben sich 19 Schüler dieser Prüfung mit günstigem Erfolge unterzogen. Die Nachtrags-Prüfungen lieferten gleichfalls ein günstiges Resultat, so dass sich das Schlussergebnis der Classifieation für das Jahr 1875/6 folgendermaßen gestaltet:

29 Schüler erhielten Zeugnisse der Vorzugs-Classe,
232 „ „ „ „ ersten Classe,
27 „ „ „ „ zweiten „
30 „ „ „ „ dritten „

Die Classifications-Uebersicht für das Jahr 1876/7 liefert folgende Tabelle:

Es erhielten	I. A.	I. B.	II. A.	II. B.	III.	IV.	V.	VI.	VII.	Zu-sammen
					Classe					
I. Classe mit Vorzug	1	4	2	4	4	6	2	1	2	26
I. Classe	24	18	17	22	32	32	18	19	12	194
Werden zur Wiederholungsprüfung zugelassen	5	1	4	—	5	3	1	1	—	20
II. Classe	3	2	—	2	4	2	2	1	—	16
III. Classe	3	7	6	3	—	—	1	5	—	25
Blieben ungeprüft	—	1	—	—	—	—	—	—	—	1
Zusammen	36	33	29	31	45	43	24	27	14	282

g. Frequenz der Freifächer.

Lehrgegenstand	Abtheilung	Schülerzahl	
		I. Semester	II. Semester
Stenographie	I.	44	43
	II.	28	22
	Zusammen	72	65
Gesang	I.	30	29
	II.*)	60	58
	Zusammen	90	87
Chemisch practische Arbeiten	—	20	20

h. Geldleistungen der Schüler.

Im abgelaufenen Schuljahre wurden folgende Geldbeträge von den Schülern eingehoben:

1) an Schulgeld . . . 4452 fl. — kr.
2) an Aufnahmstaxen . . . 165 fl. 90 kr.
3) an Bibliotheksbeiträgen . . . . . 323 fl. 40 kr.

Die Post 2 und die Hälfte der Post 1 fliesst in den Local-Realschulfond; die Post 3 wird besonders für Bibliothekszwecke verrechnet.

*) Nach den Stimmen in 2 Unterabtheilungen getheilt.

8

Vom Schulgelde waren 76 Schüler gänzlich und 10 Schüler halb befreit.

Der Local-Realschulfond, welcher zur Bestreitung der sachlichen Bedürfuisse der Lehranstalt gegründet wurde, besteht aus Werthpapieren im Nominalwerthe von 54050 fl. Zur Vermehrung und Erhaltung der Lehrmittelsammlungeu wurde ein Betrag von 935 fl. verwendet.

Die Lehrerbibliothek enthält gegenwärtig 2768 Bände, 975 Hefte und 112 Blätter (ohne Einrechnung der Schulprogramme).

Die Schülerbibliothek enthält 1172 Bände, 51 Hefte, 4 Blätter.

i. Unterstützung der Schüler.

Stipendien genossen:

in der	I. Classe	A 1 Schüler	im Betrage von			450 fl.	— kr.
„	II. „	B 2 „	„ „ „			605 fl.	— kr.
„	III. „	7 „	„ „ „			765 fl.	53 kr.
„	IV. „	9 „	„ „ „			823 fl.	33 kr.
„	V. „	4 „	„ „ „			500 fl.	53 kr.
„	VI. „	3 „	„ „ „			360 fl.	— kr.

Im Ganzen 26 Schüler mit dem Betrage von . . 3504 fl. 39 kr.

Die Gründung eines Stipendiums von 84 bis 100 fl. für Schüler dieser Lehranstalt ist im Zuge.

Die Unterstützung dürftiger und braver Schüler der Lehraustalt aus der bereits im Jahre 1867 errichteten Unterstützungscasse wurde im verflossenen Schuljahre durch ein vom Lehrkörper gewähltes Comité, bestehend aus dem Direktor und den Herren Professoren Anton Stranik und Anton Edtl, geleitet.

Herr Professor Anton Stranik, als Cassier der Unterstützungscasse, übergab über die Gebarung im heurigen Schuljahre der Direktion nachstehenden Ausweis, welcher bei der Schlußkonferenz dem gesammten Lehrkörper zur Prüfung vorgelegt und für richtig befunden wurde.

Einnahmen:

1. Kassarest vom Jahre 1876 . . . . 148 fl. 34 kr.
2. Vom hohen Landesausschusse . . . . 105 fl. — kr.
3. Von der löbl. Sparkassa in Linz . . . . 100 fl. — kr.
4. Vom hochwürdigsten Herrn Bischof in Linz . . . . 30 fl. — kr.
5. Provision vom Herrn Fink . . . . 8 fl. 18 kr.
6. „ „ „ Korb . . . . 6 fl. 43 kr.
7. Aus der Honauerstiftung . . . . 20 fl. — kr.
8. „ „ Gerhardstiftung . . . . 16 fl. 80 kr.
9. Tintengeld - Ueberschuß pro 1876 . . . . 13 fl. — kr.
10. „ „ pro 1877 . . . . 8 fl. 30 kr.
11. Coupons und Interessen (15. Juli 1876 bis 15. Juli 1877) 172 fl. 06 kr.
12. Von den Schülern der 3. und 4. Klasse . . . . . . 2 fl. 66 kr.
13. Vom Herrn Theaterdirektor Kotzky . . . . 35 fl. — kr.
14. „ „ R. Chraust . . . . 8 fl. — kr.
15. „ „ Med. Dr. L. Winternitz . . 1 fl. — kr.
16. „ „ J. Einöder . . . 5 fl. — kr.
17. „ „ J. Pfusterwimmer . . 1 fl. — kr.
18. „ „ A. Augustin . . . 2 fl. — kr.
19. „ „ L. Brauu . . 2 fl. — kr.
20. „ „ R. Fuchs . . . 1 fl. — kr.
21. „ „ A. Dimmel . . . . . 1 fl. — kr.

Summa der Einnahmen   686 fl. 77 kr.

Ausgaben:

1. Für Bücher und Atlanten		110 fl. 74 kr.
2. Einbände		6 fl. 85 kr.
3. Zeichenmaterialien und Zeichenrequisiten		23 fl. 04 kr.
4. Kleidungsstücke		31 fl. 20 kr.
5. Kostbeiträge		114 fl. 91 kr.
6. Geldunterstützungen		25 fl. — kr.
7. Aukauf von 100 fl. Silberrente und von 200 fl. Papierrente		190 fl. 96 kr.
	Summa der Ausgaben	502 fl. 70 kr.
Als Einlage in der Sparkassa befindet sich der Kassarest von		184 fl. 07 kr.

Der gegenwärtige Stand des Unterstützungsfondes ist sonach folgender:

3450 fl. Papierrente
650 fl. Silberrente
100 fl. Staatsanlehen vom Jahre 1860
200 fl. Donauregulirungs-Lose.
─────────
4400 fl. zusammen.

Ausser den obigen Geldspenden wurden auch andere Wohlthaten von verschiedenen Seiten den Realschülern zugewendet. Herr Dr. Winternitz übernahm arme kranke Realschüler unentgeltlich in ärztliche Behandlung, die löbl. Administration der hiesigen Schwimmschule spendete für dürftige Schüler der Lehranstalt 10 Schwimmunterrichts-Karten ganz unentgeltlich und 30 Uebungskarten zum halben Preise. Der löbl. Verein für Naturkunde in Linz widmete 10 Freikarten zu den von ihm veranstalteten populären wissenschaftlichen Vorträgen.

Allen Gönnern und Wohlthätern der Realschüler spricht die Direktion den verbindlichsten Dank aus.

IX. Maturitäts-Prüfung.

Von jenen Abiturienten, welche sich am Schluße des letztverflossenen und am Anfange des heurigen Schuljahres der Maturitäts-Prüfung unterzogen, erhielten fünfzehn ein Zeugnis der Reife zum Besuche einer technischen Hochschule, nämlich:

Name des Abiturienten	Besuchte die hiesige Lehranstalt	Künftiger Beruf
Dillmann Josef	7 Jahre	Postwesen
Eirich Rudolph	7 Jahre	Technik
von Galois Louis	7 Jahre	Technik
Geisler Leopold	7 Jahre	Rechnungsfach
Heidinger Ferdinand	7 Jahre	Rechnungsfach
Just Franz	7 Jahre	Rechnungsfach
Meter Eduard	3 Jahre	Technik
Piessliuger Karl	7 Jahre	Technik
Pollak Josef	7 Jahre	Montanistik
Rammetsteiner Moriz *)	7 Jahre	Technik
Reitter Heinrich	7 Jahre	Technik
Schrott Josef	7 Jahre	Technik
Schuppler August	7 Jahre	Handelsfach
Seidlmann Josef	8 Jahre	Technik
Siegel Josef	7 Jahre	Technik

*) Mit Auszeichnung.

Am Schluße des Schuljahres 1876/77 unterzogen sich 13 Schüler der siebenten Classe und ein Externer der Maturitätsprüfung.

Zur schriftlichen Bearbeitung wurden folgende Themen gegeben:

a) Deutscher Aufsatz:

Wissen ist Macht.

b) Uebersetzung aus dem Deutschen in's Französische: Die Erzählung von Fabricius und Pyrrhus.

c) Uebersetzung aus dem Französischen in's Deutsche: *Guizot, Histoire générale de la civilisation en Europe. État de la France au quinzième siècle. (XI. Leçon.)* „La dernière moitié — — — — de vaincre l' étranger."

d) Uebersetzung aus dem Englischen ins Deutsche. *Macaulay. History of England „Character of William the Third."* „He was born — — — close to William's side."

e) Aus der Mathematik:

1. Eine Creditanstalt verzinst die Gelder, die sie selbst anleiht, mit p = $5\frac{1}{2}$ Procent. Wie viel Procente (q) muss sie von ihren Schuldnern nehmen, damit diese ihre Schuld durch bloße Zinszahlung in n = 35 Jahren bei ihr tilgen können?

2. Für welchen Winkel im I. Quadranten gilt folgende Gleichung:
$$6 \sin^2 x + 8 \cos^2 x = 7 \sin 2x.$$

3. Ein Parallelepipedon ist von lauter Rhomben begrenzt, deren Seite k = 8 cm. und deren spitzer Winkel a = $64^0\ 12'$ beträgt; wie groß ist der Rauminhalt des Parallelepipeds?

4. Ein Schiff segelt auf seiner Fahrt von New-York ($\beta = 40^0\ 42'\ 40''$ nördl. Breite und $\lambda = 76^0\ 20'\ 30''$ westl. Länge) nach Capstadt bis zum Aequator auf einem größten Kreise und schneidet denselben südlich der Insel St. Paul in einem Punkte $\lambda = 31^0\ 39'\ 20''$ westlicher Länge; wie groß ist die Fahrstrecke bis zum Aequator und wie groß das Azimuth des Schiffscurses?

f) aus der darstellenden Geometrie:

1. Es soll das perspektivische Bild einer sechsseitigen Pyramide mit regelmässiger Grundfläche und gleich langen Seitenkanten und der von dieser Pyramide auf die Bildebene geworfene Schlagschatten unter Berücksichtigung folgender Bedingungen gesucht werden:

a) Die Augdistanz sei = 100; b) die Fluchtlinie der Ebene, in der die Basis der Pyramide liegt, gehe durch die Punkte $A \begin{Bmatrix} x = +135 \\ y = 0 \end{Bmatrix}$ und $B \begin{Bmatrix} x = 0 \\ z = +100 \end{Bmatrix}$ und die Spur derselben Ebene durch den Punkt $D \begin{Bmatrix} x = -35 \\ z = 0 \end{Bmatrix}$; c) es seien $E \begin{Bmatrix} x = -60 \\ z = -30 \end{Bmatrix}$ und $H \begin{Bmatrix} x = -10 \\ z = -30 \end{Bmatrix}$ die Bilder der Endpunkte einer Hauptdia-

— 69 —

gonale der Grundfläche; d) die Höhe der Pyramide sei gleich der dreifachen Seite der Grundfläche; die Spitze der Pyramide soll dem Auge zugekehrt sein; e) es sei $Q\begin{cases} x = +120 \\ z = +60 \end{cases}$ der Fluchtpunkt für die Bilder der parallelen Lichtstrahlen.

2. (Orthogonale Projection). Es soll der gegenseitige Schnitt zweier Prismen gesucht werden. Bedingungen hiezu:

a) Die unteren Grundflächen beider Prismen liegen in der Grundriss-Ebene; die untere Grundfläche des Prismas P sei ein Quadrat $ABCD$ und $B\begin{cases} x = -20 \\ y = +75 \end{cases}$ und $D\begin{cases} x = -60 \\ y = +50 \end{cases}$ seien die Endpunkte einer Diagonale desselben; dagegen sei die untere Grundfläche des Prismas p ein gleichseitiges Dreieck FGH, in welchem $F\begin{cases} x = 10 \\ y = 80 \end{cases}$ und $G\begin{cases} x = +25 \\ y = +50 \end{cases}$ die Endpunkte einer Seite sind, während H weiter nach rechts liegen soll; b) für den obern Endpunkt der Axe des vierseitigen Prismas P sei $\begin{cases} x = +20 \\ y = +20 \\ z = +75 \end{cases}$ und für den oberen Endpunkt der Seitenkante des dreiseitigen Prismas p, welche durch den Punkt G geht, sei $\begin{cases} x = -35 \\ y = 0 \\ z = +75 \end{cases}$.

3. Es soll der Schnitt einer Ebene mit einem einmetzigen Rotationshyperboloide dargestellt werden. Die Umdrehungsaxe des Hyperboloides sei vertikal und es sei für den Mittelpunkt O der Fläche $\begin{cases} x = 0 \\ y = +30 \\ z = +30 \end{cases}$; die Halbaxen der die Fläche erzeugenden Hyperbel seien a = b = 15; jene Parallelkreise, welche zur Begrenzung des Hyperboloides dienen, sollen vom Punkte O eine Entfernung = 30 haben; die schneidende Ebene gehe durch die Punkte $M\begin{cases} x = -100 \\ y = 0 \\ z = 0 \end{cases}$, $N\begin{cases} x = 0 \\ y = +75 \\ z = 0 \end{cases}$ und O.

Das Resultat der mündlichen Prüfungen wird im nächsten Jahresberichte veröffentlicht werden.

X. Aufnahme der Schüler für das Studienjahr 1877/8.

Das Schuljahr 1877/8 beginnt zufolge der hohen Ministerial-Verordnung vom 26. März 1875, Z. 3792. am 16. September 1877.

Die Aufnahme der Schüler findet für die erste Classe am 13. und 14., für die übrigen Classen am 14. und 15. September, jedesmal Vormittags von 9 bis 12, Nachmittags von 3 bis 5 Uhr, im Realschulgebäude statt.

Diejenigen Schüler, welche für die unterste Classe eingetragen werden sollen, müssen sich gemäß der h. Ministerial-Verordnung vom 14. März 1870, Z. 2370, einer Aufnahmsprüfung unterziehen. Es wird von denselben gefordert: „Jenes Maß von Wissen in der Religion, welches in den ersten vier Jahrescursen der Volksschule erworben werden kann; Fertigkeit im Lesen und Schreiben der deutschen und der lateinischen Schrift; Kenntnis der Elemente aus der Formenlehre der deutschen Sprache; Fertigkeit im Zergliedern einfacher bekleideter Sätze; Bekanntschaft mit den Regeln der Rechtschreibung und der Lehre von den Unterscheidungszeichen, sowie richtige Anwendung derselben beim Dictandoschreiben; Uebung in den vier Grundrechnungsarten mit ganzen Zahlen". Ausserdem müssen sie das zehnte Lebensjahr vollendet haben oder mindestens im ersten Quartale des Schuljahres 1877/8 vollenden.

Jeder neu eintretende Schüler hat sich mit dem Tauf- oder Geburtsscheine, dann mit dem Abgangszeugnisse der Lehranstalt, an welcher er zuletzt gewesen ist, auszuweisen. Auch hat er eine Aufnahmsgebühr per 2 fl. 10 kr. und einen Bibliotheksbeitrag von 1 fl. 5 kr. zu erlegen. Alle anderen Schüler entrichten, wenn sie eingeschrieben werden, nur den Bibliotheksbeitrag. Jenen Schülern, welche die Aufnahmsprüfung nicht bestehen, werden die bereits eingezahlten Geldbeträge zurückerstattet.

Das Schulgeld beträgt gemäß der h. Ministerial-Verordnung vom 19. April 1870, Z. 3603, jährlich zwanzig Gulden in den vier Unterclassen, vier und zwanzig Gulden in den drei Oberclassen und ist in vier gleichen Raten einzuzahlen, von denen die erste gleich bei der Aufnahme zu erlegen ist. Die zweite, dritte und vierte Rate wird um die Mitte des ersten, beziehungsweise zu Anfang und um die Mitte des zweiten Semesters fällig.

Als Freigegenstände, für die kein besonderes Honorar zu entrichten ist, werden gelehrt: Gesang für die Schüler aller Classen, Stenographie für die Schüler der IV. bis VII. Classe und analytische Chemie für die obersten zwei Classen. Hierüber ist durch die h. Ministerial-Verordnung vom 8. Juni 1871, Z. 4275, folgendes festgesetzt:

Die Zulassung zur Theilnahme am Unterrichte in einem freien Gegenstande wird im Anfange eines jeden Semesters durch eine Anmeldung bei der Direktion angesucht, welche bei Schülern der Unterclassen eine Zustimmungserklärung des Vaters oder seines gesetzlichen Vertreters voraussetzt.

Ueber die Annahme oder Zurückweisung einer solchen Meldung entscheidet der Lehrkörper.

Durch die erwirkte Zulassung wird das freie Lehrfach für den betreffenden Schüler insofern ein obligater Lehrgegenstand, als er dem Unterrichte durch das betreffende Semester beizuwohnen und sich allen Uebungen mit ununterbrochenem Fleiße zu unterziehen hat.

Der Rücktritt eines Schülers während des Semesters kann vom Lehrkörper nur aus berücksichtigungswürdigen Gründen gestattet werden.

Privatisten haben sich spätestens bis zum 25. September 1877 der Direktion zur Aufnahme vorzustellen und nebst der Aufnahmsgebühr und dem Bibliotheksbeitrage das Schulgeld für ein Halbjahr vorhinein zu entrichten.

Die Aufnahms-, Wiederholungs- und Nachtragsprüfungen werden am 15. September abgehalten werden.

Josef Lang.